먹을수록 강해지는 폭식투수 6

키르슈 현대 판타지 소설

초판 1쇄 찍은 날 § 2020년 11월 23일
초판 1쇄 펴낸 날 § 2020년 11월 30일

지은이 § 키르슈
펴낸이 § 서경석

편집책임 § 김예슬
디자인 § 공간42

펴낸곳 § 도서출판 청어람
등록번호 § 제387-1999-000006호
등록일자 § 1999. 5. 31
어람번호 § 제1-3102호

주소 § 경기도 부천시 부일로 483번길 40 서경B/D 3F (우) 14640
전화 § 032-656-4452 팩스 § 032-656-4453
http://www.chungeoram.com
E-mail § chungeorambook@daum.net

ⓒ 키르슈, 2020

ISBN 979-11-04-92285-5 04810
ISBN 979-11-04-92226-8 (세트)

먹을수록 강해지는

폭식투수

6

키르슈 현대 판타지 소설

MODERN FANTASTIC STORY

청어람
도서출판

목차

가자! 미국으로! (2)   007

만남, 그리고 헤어짐   021

새로운 파트너   057

선구자와 도전자   119

동기가 생겨서 좋은데?   191

받고 더블로 가! (1)   239

가자! 미국으로! (2)

가자 아프리카로

「토론토로 간 '괴물' 유형진, 이번엔 어떻게 진화할까」

「토론토의 지극정성, 유형진 위상을 뒤바꾼 사이 영 상 경쟁」

「'99번' 유형진, 토론토 입단, 4년간 1억 달러」

「"유형진, 우리의 에이스 될 것" 토론토 매체의 끝없는 기대」

LA 다저스에서 영원할 것만 같았던 유형진이 토론토 블루제이스로 이적하자 다저스의 입장은 급박해졌다.

물론 4년 동안 1억 달러라는 고액 계약이 부담스러웠을 거라는 옹호 언론도 있기는 했다.

하지만 사이 영 상 2위를 달성하고 평균 자책점 1위를 달성하며 메이저리그에서 기량을 만개한 투수를 놓쳤다는 비난을 피할 수 없었다.

"다저스가 꽤 급해졌나 보네."

"유형진 선배가 이적해 버렸으니까요."

유형진의 존재는 다저스에게 특별했다.

계약 기간 동안 많은 이닝을 소화하지는 못했어도 올해만큼은 사이 영 상 경쟁을 하며 확실한 임팩트를 남겼다.

4년 1억 달러가 아깝지 않다는 평가가 높았다.

"프리드먼 사장의 의도는 뭐라고 생각하세요?"

"다른 건 없지. 우선 한국 시장 마케팅에 불리한 점이지. 로스앤젤레스에는 한인들이 많이 사는 편이고, 그 사람들뿐만 아니라 한국에 유형진의 유니폼과 관련 상품을 팔았으니까. 중계권이야 메이저리그 사무국의 소관이라고 해도 그런 소비를 아예 무시할 수는 없으니까."

그 외에도 많은 요인들이 있었다.

메이저리그는 특히나 사치세에 민감했다.

유형진과 고액 계약을 하게 된다면 그만큼 다른 선수들에게 쓸 돈이 줄어들게 마련이다.

동시에 유형진에 대한 의문의 시선도 있었다.

2013년 메이저리그에 진출해서 2019년까지 7시즌.

그동안 유형진은 잔부상에 시달리며 올해를 제외하면 제대로 된 시즌을 보낸 적이 없었다.

"언론에는 적절한 금액을 제시한 것처럼 말하지만, 다저스는 유형진을 잡으면 좋고 아니면 말고 식이었겠지."

"그런데 생각보다 여론이 좋지 않다는 거네요."

"플루크 시즌이라 올해만 반짝했다고 볼 수도 있지만 아닐 수도 있으니까. 무엇보다 올해 커쇼나 다른 투수들이 부진한 만큼 유형진이 그만큼 빛난 거겠지. 자유계약을 1년이나 미룬 것도 있고. 팬들도 팀에 대한 충성심도 있다고 생각했을 테니까."

여론적인 면과 금전적인 면, 성적, 그리고 시장 상황 등이 유형진의 이적을 만들어 내고 또 지금의 상황을 만들어 냈다.

상진은 영호에게 설명을 들으며 고개를 끄덕임과 동시에 슬쩍 빈정거렸다.

"야구만 아니면 이렇게 똑똑한 분이 왜 아직도 야구 규칙을 이해하지 못하는 거죠?"

"닥쳐. 야구 규칙은 아무리 봐도 어렵다고. 심판이나 감독들도 가끔 헷갈려 하잖냐? 이해 못 하는 게 내 탓이냐?"

투덜거리는 영호의 옆에 놓인 과자를 한줌 집어서 먹으며 다시 물었다.

"옵션에 대해서는 어떻대요?"

"탬파페이나 오클랜드에 비해서 매우 관대한 편이야. 대신에 계약 기간이 좀 짧아."

"얼마나 되는데요?"

"2년. 3년까지 해 볼까 하는데 그건 좀 어려울 것 같네."

유형진이 어느 정도 검증된 선발 자원이라고 한다면, 이상진은 메이저에서 검증된 적이 없는 선발 자원이었다.

물론 이번 한 해 한국에서 낸 성적은 뛰어난 편이다.

하지만 메이저리그의 콧대 높은 관계자들은 한국에서의 성적이 아무리 뛰어나다고 해도 그걸 곧이곧대로 받아들이지 않았다.

"그래도 여건은 아주 좋아. 하나둘씩 손을 내밀고 있는 게 보이니까."

지난번에 언급한 팀들 외에도 몇몇 팀들은 여전히 관심을 가지고 있었다.

그들이 주목하고 있는 건 한국에서 기록한 0점대 평균 자책점이었다.

0점대 방어율을 가진 선수는 그 어떤 리그에서도 보기 힘들었다.

"유형진이 이적해 줬으니 유형진을 적극적으로 써먹어 줘야겠지?"

※   ※   ※

스캇 보라스에게 주는 에이전트 비용은 그렇게 크지 않았다.

돈독이 올랐다는 평가를 받는 그였기에 의외였지만, 그도 나름대로 사전 투자를 할 줄 아는 사람이었다.

"빌리 빈 사장하고 면담은 어때요?"

"철저할 정도로 계산적인 사람이야. 네 가치를 너무 후려치려고 하지도 않고 너무 과대평가하지도 않아."

"딱 지금 평가할 수 있는 것만큼만 했나 보네요."

여섯 시간이나 격론을 펼치다가 돌아온 영호는 지친 얼굴로 침대에 드러누웠다.

빌리 빈 사장은 수백 년 살아온 저승사자마저도 진이 빠질 정도로 노련하고 교묘했다.

"옵션은 전부 수용하는데, 트레이드 거부권을 절대 넣으려고 하지 않더라."

"딱 봐도 각이 나오네요."

"맞아. 네가 옵션을 전부 달성할 것 같으면 상품 가치가 한껏 올라갈 테니 트레이드해서 유망주라도 데리고 오려는 거지. 확실한 장사꾼이야."

적은 가격에 이상진을 데리고 와서 어느 정도 옵션까지는 허용해 준다.

그리고 좋은 성적이 난다면 무리한 지출이 생기기 전에 트레이드를 해서 이득을 본다.

성적이 어중간하거나 좋지 않더라도 싸게 데리고 온 만큼 리스크도 적다.

확실한 장사꾼 마인드였다.

"그래도 꽤 재미있었다. 이야기하는 재미가 있는 사람이었어. 유머 감각도 있고 이야기를 부드럽게 풀어 가는 재주도 있고."

"형이 그렇게 평가하는 사람은 처음인 것 같은데요?"

"한국에도 재미있는 사람은 많았어. 빌리 빈 사장이 좀 특출 나기는 하지만."

그때 갑자기 뭔가 창문을 툭툭 건드리는 소리가 들려왔다.

어리둥절한 표정을 지으며 창문을 바라본 상진은 절로 한숨을 내쉬었다.

예전 같았으면 얼굴이 새파랗게 질리며 비명을 지르거나 방에서 뛰쳐나갔을지도 몰랐다.

하지만 이제는 하도 면역이 생겨서 그런지 이런 걸 봐도 아무렇지도 않게 됐다.

"아는 얼굴이에요?"

영호는 상진과 같은 걸 바라보며 잔뜩 얼굴이 일그러져 있었다.

짜증스러운 표정을 지은 영호는 대답을 하지 않고 일어나서 창문을 비스듬히 열었다.

"여기가 어디라고 기어 들어와?"

"우리 영역에 들어온 건 너잖냐?"

호텔 22층의 창문을 유령처럼 통과해서 들어온 건 검은 정장 차림의 백인 남자였다.

물론 정체는 얼마 전에 영호가 입에 침이 마르도록 욕을 퍼붓던 서양 쪽의 사신이었다.

"오! 브라더! 이게 몇 년 만이야! 한 20년 됐나?"

"닥쳐. 21년 전에 만나서 주먹다짐했던 거 생각하면 아직도 영혼 끝자락이 욱신거린다. 그리고 등 뒤에 그 품위 없는 낮은 그만 들고 다니면 안 되냐?"

"왜? 이게 우리의 시그니처인데?"

영호는 질색하면서 백인 남자를 밀어냈다.

상진은 재미있다는 표정을 지으면서 침대에 걸터앉았다.

"예전에 말해 줬던 사신 같은데, 맞아요?"

"그래. 아주 유황 냄새 풀풀 풍기면서 저승과 이승을 오가는 사신 놈이지."

"너는 다를 거 같냐?"

"그래서 이름이 어떻게 되는데요?"

사신이라는 백인 남자는 히죽 웃으면서 상진에게 다가왔다.

생각보다 시원시원하게 생긴 사신의 오른쪽 눈가에는 희미한 흉터가 있었다.

"생각보다 재미있네? 이 사람이 그쪽에서 밀어주는 애야?"

"그쪽이 아니라 흑월 사자님뿐이다."

"너도 꽤 밀어주는 거 같던데? 에이전트까지 하면서 움직일 정도면 말 다한 거지."

영호는 투덜거리면서도 그 말에 대꾸하지 않았다.

처음에는 흑월 사자가 등 떠밀어서 시작한 일이었어도, 지금은 자신도 즐기는 편이었다.

"반갑다, 반가워. 내 이름은 도널드 L. 노먼이라고 한다. 경력은 저기 있는 늙다리 저승사자보다 적기는 해도 이 구역의……."

"미친놈이지."

"그래. 내가 이 구역의 미친놈…이 아니라! 이 구역을 담당하고 있는 사신이다."

중간에 끼어들어서 말을 꼬이게 만든 영호를 쏘아보던 도널드는 흥미롭다는 얼굴로 상진을 여기저기 뜯어봤다.

"확실히 좋은 포텐셜을 가지고 있어. 어쩐지 노히트노런에 퍼펙트게임까지 달성했다더니."

"뭐야? 얘에 대해서 잘 아는 것처럼 말한다?"

"당연하지. 우리도 야구에 대해서 관심이 많은데."

그리고 영호는 순간적으로 그 말 속에 숨어 있는 의미를 캐치해 냈다.

"야구에 대해서 관심이 많다니. 설마하니 너네도 누구 밀어주는 사람이 있다는 거냐?"

"바로 그거야! 브라더! 역시 우리는 활동하는 무대가 달라도 서로 통하는 데가 있어!"

"개소리 집어치우고 똑바로 말해. 사신들도 밀어주는 선수가 있어?"

멱살을 잡혔음에도 사신 도널드는 별로 당황하는 기색 없이 어깨를 으쓱거렸다.

"당연하지. 우리도 나름대로의 유희가 필요하거든. 물론 미식축구 좋아하는 놈들도 있어서 좀 파가 갈리긴 해도 메이저리그는 최고의 무대잖아?"

메이저리그에 사신들이 밀어주는 투수가 있다.

상진은 그 이야기에 히죽 웃으면서 남몰래 주먹을 불끈 쥐었다.

"그래서 그 자식이 누구인데?"

"헹, 너라면 알려 주겠냐? 누구인지 알면 뻔히 견제하려고 할 거면서. 그리고 나중에 만나게 되면 확실하게 알 거다. 2020년에는 포텐셜이 폭발할 예정이거든."

"그러면 하나만 알려 주시겠어요?"

이번에 질문을 한 건 이상진 쪽이었다.

도널드는 영호에게 지어 주던 장난스러운 미소를 지우고 무덤덤한 표정으로 상진을 돌아봤다.

"뭐지?"

"투수입니까? 아니면 타자입니까?"

물론 상진은 투수나 타자, 어느 쪽이든 상관없었다.

투수라면 같은 성적으로 경쟁하면 될 것이고, 타자라면 마운드와 타석에서 서로를 맞이하면 그만이다.

도널드는 눈을 크게 뜨더니 이내 입꼬리를 올리며 음흉한 미소를 지었다.

"타자야."

대답을 마친 도널드는 달려드는 영호의 손을 피해 창문 밖으로 나갔다.

"그러면 나중에 또 보자고. 브라더! 그리고 브라더의 파트너!"

"다시는 오지 마라! 이 빌어먹을 자식아!"

평소답지 않게 흥분하며 길길이 날뛰는 영호의 모습을 보며 낮게 웃음을 터뜨린 상진은 조금 전에 남긴 말을 곱씹어 봤다.

'타자라.'

상상만 해도 가슴이 뛰던 메이저리그가 더욱 재미있게 다가왔다.

*   *   *

템파페이나 오클랜드는 전형적인 스몰마켓이다.

와일드카드를 노리는 팀이면서 동시에 유망주를 키워서 파는 데 집중하는 셀링 클럽이기도 했다.

그래서 이상진이 제시한 계약 조건은 받아들이지만 옵션에 대해서는 후려치려는 경향이 컸다.

"보스턴 레드삭스와 LA 에인절스, 그리고 LA다저스로 좁혀지게 됐네."

뉴욕 메츠나 양키스 같은 구단들도 이상진에 대해 문의를 해 왔다.

다만 그들은 말 그대로 문의였고, 이상진의 몸 상태에 대해 의구심을 갖고 있었다.

실질적으로 계약을 제시한 구단은 저 셋이었다.

"이제 네 선택만이 남았어."

어느 정도의 조율이 남기는 했어도 큰 차이는 없었다.

세 구단의 보장 금액은 전부 연봉 200만 달러로 생각보다 적었지만 그건 상관없었다.

모두 처음 선발 5경기 보장을 받아들였고 옵션에서도 큰 금액을 인정해 주었다.

그 외에 부가적인 내역에 따른 옵션도 전부 받아들였다.

"그러면 결국 남은 건 하나뿐이네요."

"그런데 너는 별로 상관없는 내용 아니냐?"

마지막 옵션이 상당히 골칫거리였다.

세 구단 모두 마지막 옵션에 대해서는 썩 내키지 않는다는 반응이었다.

"가장 먼저 받아들이는 구단으로 결정하죠."

"그 옵션을? 받아들이는 구단이 아예 없을지도 모르는데?"

"그런다고 해도 어쩔 수 없어요. 저는 꼭 해 보고 싶은 일이거든요."

마지막 옵션은 계약을 제시하는 구단들을 테스트해 보는 성격임과 동시에 상진 자신이 하고 싶은 일이었다.

그리고 자신이 했던 말에 대한 책임이기도 했다.

"하여튼 이런 건 똥고집이야. 네 인생에 꼭 필요한 일이냐?"

"필요하지 않을지도 모르지만, 해 보고 저도 제가 했던 말은 책임져야죠."

"그거야 그렇지."

"했던 말이 있는데 참가하지 않는다면 제 체면이 말이 아니잖아요?"

자신이 한 말에 책임을 진다.

이건 이번만이 아니라 앞으로 은퇴할 때까지 변함이 없을 것이다.

경기 중에 안타나 볼넷을 내주면 강판을 감수하겠다는 말도, 패한다면 2군행도 각오하겠다는 말도, 상진은 자신이 했던 말을 전부 지켜냈다.

결코 번복하지도, 어기지도 않았다.

그렇기에 마지막 옵션은 고집이었다.

가장 먼저 이 옵션을 받아들이는 구단과 계약할 생각이었던 상진은 조용히 결과를 기다렸다.

"연락이 왔다."

그리고 전혀 뜻밖의 구단에게서 연락이 왔다.

만남, 그리고 헤어짐

「이상진! 메이저리그 계약 확정!」

「2년 보장 금액 400만, 연봉 200만에 옵션은 연간 무려 천만 달러」

「최대 2,400만 달러의 계약을 체결한 이상진, 옵션 달성 가능성은?」

이상진이 메이저리그 계약을 맺었다는 소식에 한국 야구계는 후끈 달아올랐다.

유형진이 토론토로 이적하고 김강현이 세인트루이스 카디널스와 계약한 것에 이어 또 한 명의 메이저리거가 탄생했다는 소식에 모두 환호했다.

―옵션이 무려 연간 천만이라니. 진짜 이상진답다.

―호크스랑 처음 계약할 때도 옵션을 빡빡하게 넣었다지?

―성적으로 말하는 남자! 그 이름하야 이상진!

―드디어 생태계 교란종이 나가는구나! 메이저 물 먹고 잘해
봐라!

호크스의 팬들은 순수하게 메이저리그 진출을 응원했으며
다른 팀 팬들은 이상진이라는 거물이 사라졌음에 안도했다.

각양각색의 반응들이 나오는 사이, 이상진은 구단 관계자와
마주하고 있었다.

"안녕하십니까. 테오 엡스타인이라고 합니다. 이렇게 직접 보
게 되니 반갑습니다."

"저야말로 반갑습니다."

시카고 컵스의 사장 테오 엡스타인이 고개를 숙이자 살짝
갈색이 감도는 검은색 머리카락이 흔들렸다.

그는 이번 계약에 도박을 걸고 있었다.

조건도 도박이지만, 무엇보다 이번 시즌 결과에 따라 구단
내의 위치마저 흔들릴 수 있기에 벌인 도박이었다.

2016년에 우승을 차지해서 108년이나 끌어온 무관의 설움
을 풀어낸 건 다행이었다.

하지만 그것만으로는 부족했다.

2017년과 2018년에 연달아 포스트시즌을 치렀음에도 2019년

에는 좌절했다.

팬들 사이에서는 108년 동안이나 우승하지 못했던 시대가 다시 찾아오는 게 아니냐는 우려의 목소리가 연달아 나오기 시작했다.

테오 엡스타인 사장도 이 점이 고민이었다.

"컵스에 오신 것을 환영합니다."

"아직 확실하게 사인한 건 아닙니다만?"

"하하, 그래도 이렇게 직접 얼굴을 뵙게 되니 확신할 수 있어서 해 본 말입니다."

엡스타인 사장은 자신만만한 미소를 지으며 손을 내밀어 악수를 청했다.

상진은 그 손을 마주잡으며 싱긋 웃었다.

"혹시 계약서에서 더 수정하고 싶으신 부분이 있으십니까?"

계약서는 아무리 봐도 컵스 쪽에 유리했다.

이번에 자유계약으로 스티브 시섹이 이적할 예정이고 크리스 브라이언트의 트레이드 설도 슬금슬금 나오고 있었다.

앤서니 리조의 옵션을 실행해서 1년을 더 붙잡았긴 했지만, 여전히 팀의 체질 개선이 필요했다.

하지만 사치세를 생각한다면 너무 고액의 계약은 부담스러웠기에 1억 달러를 챙겨간 유형진의 영입을 고사할 수밖에 없었다.

그때 추천받은 선수가 이상진이었다.

"저는 이대로도 괜찮습니다. 다른 구단과도 동등한 조건으로 협상을 벌였으니까요."

"그렇군요. 계약 이야기를 꾸준히 이어온 다른 팀들에게는 미안하지만 이런 건 발 빠른 사람이 우선 아니겠습니까?"

상진도 빙그레 웃었다.

사실 마음속으로 이번 계약을 받아들이겠다고 다짐했기에 만나게 됐다.

여기에서 물러날 생각은 없었다.

모든 조건은 마음에 들었고 거절할 이유는 없었다.

"그렇다면 계약서를 확인해도 되겠습니까?"

엡스타인 사장은 고개를 끄덕이고 비서에게 손짓했다.

영호와 데이비드 김은 영어 계약서, 상진은 한글로 번역되어 적힌 계약서를 훑어봤다.

어딘가 문제되는 조항은 없는지, 철저하게 훑어본 둘이 고개를 끄덕이자 상진은 입가에 미소를 띠었다.

"확인했습니다. 모든 조항이 들어가 있다니. 대단히 만족했습니다."

"서로 원하는 바가 잘 맞아서 그랬지요. 솔직히 마지막 조항에서 고민했습니다."

이상진은 씩 웃었다.

시즌 도중에 문제가 생기는 건 사장이나 구단의 입장에서는 분명히 피하고 싶은 일이다.

그걸 감수하고 보내 줄 수 있는 것도 하나의 도량이자, 팀 전력에 대한 자신감이었다.

"컵스라면 얼마든지 감내할 수 있으리라 생각했습니다."

물론 엡스타인 사장이 내놓은 결과는 이상진과 조금 달랐다.

이상진이 시즌 중간에 이탈하는 건 두 가지 경우로 생각해 볼 수 있었다.

성적이 어느 정도 괜찮다면 다른 투수들로 메울 수 있다.

그리고 성적이 너무 좋지 않다면 신경 쓰지 않고 보낼 수 있다.

어느 쪽이든 컵스의 입장에서는 마지막 옵션을 실행한다고 해도 큰 손해는 아니었다.

무엇보다 엡스타인 사장은 새롭게 보강하고 있는 컵스의 전력 구상에 만족하고 있었다.

이상진은 엡스타인 사장과 시카고 지역지 기자들이 지켜보는 가운데 계약서에 사인을 마쳤다.

엡스타인 사장도 구단의 직인과 함께 자신의 사인을 남기자 계약은 모두 끝났다.

이상진의 메이저리그 진출이 확정되는 순간이었다.

"혹시 이상진 선수가 구단에 바라는 것이 있습니까?"

"크게는 없습니다. 아, 하나 정도는 있군요."

"그게 뭡니까?"

"우승입니다. 월드 시리즈 우승. 솔직히 불안하지 않습니까? 108년이나 우승을 하지 못했고, 16년에 우승을 했어도 이번 시즌에는 포스트시즌 진출 실패했으니 말입니다."

시카고 컵스의 가장 아픈 구석이 바로 월드 시리즈 우승이었다.

108년 만에 우승을 차지하며 설움을 풀어내기는 했다.

하지만 확실한 강팀이라고 불리기에는 멀었다.

엡스타인 사장은 단호하게 말했다.

"이번 시즌에는 우승에 도전할 생각입니다."

"저는 그런 대답은 원하지 않습니다. 팀에는 우승하느냐, 우승하지 못하느냐. 두 가지밖에 없습니다. 도전한다고 해도 우승하지 못한다면 의미가 없으니까요."

이상진도 우승을 하기 위해 비행기를 타고 머나먼 타국까지 날아왔다.

우승하지 못하면 의미가 없는 건 당연한 일이었다.

"사실 저는 그렉 매덕스의 엄청난 광팬입니다."

"오호! 그랬습니까?"

"매일같이 그의 영상을 보며 공부하고 또 연습했죠. 그래서 컵스의 제안은 무척이나 고마웠습니다."

그렉 매덕스가 데뷔했던 팀이자 애틀란타에 이적했다가 다시 되돌아온 팀.

그리고 그가 영구결번이 된 팀이었다.

사실 시카고 컵스보다는 LA 다저스 쪽이 훨씬 우승 가능성이 높았다.

하지만 컵스의 제안을 받자마자 바로 선택한 것은 바로 그렉 매덕스의 팀이었다는 점이 가장 컸다.

"그리고 마지막 옵션을 선뜻 받아 주신 건 대단히 감사드립니다."

협상에서 불리해질까 봐 사인하기 전까지 엡스타인 사장에게 이야기하지는 않았었다.

보스턴 레드삭스와 LA 에인절스는 이상진이 제시한 마지막 옵션을 끝끝내 거부했다.

그렇기에 이상진에게는 옵션을 포기하느냐, 남아 있는 컵스를 선택하느냐.

두 가지 길밖에 남아 있지 않았었다.

그때 컵스가 손을 내밀어 준 것이었다.

그것을 위해서 허용해 준다면 2020년에 받을 보장 연봉 중 20만 달러를 포기한다는 조항까지 넣었다.

엡스타인 사장은 미심쩍은 눈으로, 그리고 이미 결정된 사항이기에 재확인하는 의미에서 다시 물었다.

"도쿄 올림픽 출전, 정말 원하시는 겁니까?"

"당연합니다."

2020년 도쿄 올림픽 야구 대표 팀 차출 허용.

그것이 이상진이 내건 마지막 옵션 조항이었다.

자신이 나가지 않는다면 일본이 얼마나 기고만장할지 눈에 선했다.

아마도 일본에게 패할까 봐 두려워서 도망쳤다고 할 것이다.

'앞으로 제가 등판하는 한 일본 야구는 저를 뛰어넘을 수 없을 겁니다.'

그래서 상진은 자신이 했던 말을 지키기 위해 이번 계약에 올림픽 출전 허용이라는 옵션을 넣었다.

*　　　　*　　　　*

"후우, 드디어 끝났군요."

호텔로 돌아온 상진은 침대에 엎어져서 꼼짝도 하지 않았다.

메이저리그 계약을 달성했다는 성취감에 취한 상진은 먹을 것에 손을 대고 싶은 생각도 들지 않았다.

"계약을 하면서도 크게 기대하는 건 없는 눈치더라."

"그거는 예상했어요. 단년간의 반짝 활약은 저평가 받을 수밖에 없죠."

"그래서?"

"실력으로 보여 주면 그만이잖아요? 여태까지 그랬고 지금도 그렇고 앞으로도. 그건 변함없어요."

쌓아 온 게 없으니 이런 옵션 계약도 가능했다.

충청 호크스와 FA 계약을 체결할 당시에도 이런 조항들을 집어넣었는데, 메이저리그에서는 더욱 특별했다.

"2점대 평균 자책점이면 100만 달러인데, 1점대가 되면 500만 달러가 된다니. 너도 참 무섭게 나가는구나."

"그것만이 아니라 이닝 소화에 삼진도 넣었죠. 딱히 생각해 보면 충청 호크스 때랑 금액이 더 세졌을 뿐이에요."

침대에서 일어난 상진의 얼굴은 개운했다.

정말 복잡하고 길고 길었던 협상이었다.

2020년에 연봉을 2,200만을 받는 다르빗슈 유나 2,000만을 받는 존 레스터에 비하면 헐값이나 다름없는 계약이긴 했다.

하지만 계약 기간은 2년.

이 기간 동안 확실한 활약을 보여 준다면 이후 자유 이적 시장에서도 유리한 고지를 점할 수 있다.

"그나저나 참 재미있게 됐네요."

인천 드래곤즈의 김강현과 관련된 국내 뉴스를 보면서 상진은 쓴웃음을 지었다.

그가 이적한 곳이 하필이면 시카고 컵스와 맹렬한 라이벌 구단인 세인트루이스 카디널스였다.

그것도 같은 내셔널리그 중부 지구였기에 맞대결이 성사될 가능성이 매우 높았다.

"김강현도 지금쯤 술 한잔 하고 있을 거다. 이놈은 대체 왜 내 뒤를 졸졸 따라다니면서 방해하냐, 하면서."

"에이, 설마 그러겠어요?"

"맞대결하면 재미있긴 하겠다. 내셔널리그는 지명타자 제도가 없어서 타석에도 들어서잖냐?"

이번에 유형진이 이적한 토론토는 아메리칸 리그로 지명타자 제도가 있는 리그다.

그에 비해 김강현과 자신이 있는 내셔널 리그는 지명타자 제도가 없어서 맞대결이 성사된다면 서로의 공을 향해 배트를 휘두를 수 있다.

"어우, 투수로서는 모를까, 타석에 서서 그 공을 봐야 한다니. 겁나는데요?"

"그렇게 자신이 없냐?"

"타석에 서면 좀 두려우니까요. 아, 자신이 없는 게 하나 더 있긴 하네요."

"뭔데?"

"영어죠. 의사소통을 잘하게 되려면 아무래도 빡세게 공부해야 할까 봐요."

그동안 꾸준히 영어 공부를 해 왔던 게 아니라, 상진은 자신을 가로막는 언어의 장벽에 난감했다.

유형진에게 듣기로도 영어를 자유롭게 구사하는 데 몇 년 걸렸다고 한다.

열심히 공부하면 금방 가능할 수도 있겠지만 그때까지는 팀 동료들과 이야기하는 것도 불편할 것이다.

"그러니까 영어를 빨리 배우고 싶다는 거지?"

"그거는 뭐, 노력 여하에 따라서 달라지잖아요? 적어도 한국에 돌아가면 다시 미국으로 가기 전에 확실하게 공부해 봐야겠어요."

자신이 갖고 있는 시스템은 완벽할 정도로 야구와 먹는 걸 위해 구축되어 있었다.

거기에 영어가 끼어들 자리는 어디에도 없었다.

그런고로 팀에 적응하고 영어를 회화가 가능할 수준까지 익히는 건 상진 자신의 몫이었다.

"아, 맞다. 깜박한 게 하나 있는데."

"뭔데요?"

"우선 이거나 먹어 볼래?"

영호가 던져준 건 청심환과 비슷한 크기인, 이상한 냄새가 나는 단환이었다.

얼굴을 절로 찌푸리게 만드는 냄새에 상진은 자신도 모르게 고개를 슬쩍 돌렸다.

"꼭 먹어야 해요?"

"먹어서 손해 볼 건 없을걸?"

악취를 참고 영호에게서 받은 단약을 삼켰다.

식도를 타고 싸한 기분이 올라오더니 갑자기 시스템 메시지가 떠올랐다.

[〈언어팩: 영어〉가 패치되었습니다.]

"언어팩이라니?"

"그거 먹으면 영어는 바로 알아듣고 바로 말할 수 있어."

영어를 이런 방법으로 쉽게 배울 수 있다니.

저승사자만이 쓸 수 있는 비책이라고 해도 정말 놀랍고 신기했다.

혹시나 싶어 텔레비전을 켜서 영어 방송을 보고 있으니 10분 전까지만 해도 이해가 되지 않던 영어를 알아들을 수 있었다.

"우와, 이런 게 있었어요?"

"신기하지?"

"그러니까요."

신기해하면서 영어 방송을 계속 보던 상진은 문득 한 가지 사실을 깨닫고 눈꼬리를 치켜올렸다.

　"이딴 편법을 써 놓고 그동안 나한테 영어로 유세를 떤 겁니까!"

　　　　　　*　　　　　　*　　　　　　*

　메이저리그에서 감독의 영향력보다 큰 것이 바로 단장의 영향력이다.

　감독은 그저 꾸려진 1군을 경기에서 효율적으로 운용하는 역할이며 선수단을 관리하고 선수의 트레이드와 영입을 좌지우지하는 게 바로 단장이다.

　"엡스타인 사장님, 정말 괜찮겠습니까?"

　그런 단장도 눈치를 보는 게 바로 사장이었다.

　"뭐가 불만입니까?"

　"그렉 매덕스가 추천해 준 투수라고 해도 이걸 넙죽 계약하는 게 좀 그렇습니다."

　놀랍게도 이상진을 컵스에 추천한 사람은 마스터(Master), 혹은 교수(Professor)라고 불리는 그렉 매덕스였다.

　"안 그래도 이번에 페이롤이 2억 달러를 넘겼습니다. 헤이워드 외에도 레스터 퀸타나 킴브럴을 어떻게 해야 하는 판에 저런 고액 계약을 맺다니요."

　"옵션을 생각하면 고액도 아닙니다."

옵션을 전부 받아 내야 보장 연봉을 포함해서 1,200만 달러를 받아 가게 된다.

그 옵션을 전부 달성한다면 메이저리그에서 손꼽히는 특급 투수의 계약이 된다.

하지만 달성하지 못한다면, 연봉 200만 달러의 그저 그런 투수로 남게 되는 것이다.

"하지만 이건 도박입니다. 불확실성이 너무 크지 않습니까?"

"저도 그렇게 생각합니다. 하지만 전력 분석팀의 이야기는 조금 다르더군요."

"다르다니요?"

"그렉 매덕스가 추천할 때의 이야기를 듣지 않았습니까?"

영구결번이자 팀의 레전드라고 해도 현재 네바다 대학의 코치로 일하고 있는 그렉 매덕스가 컵스의 단장실과 사장실까지 찾아온 건 이례적인 일이었다.

게다가 그것이 머나먼 한국에서 메이저리그에 진출하겠다고 찾아온 동양인 투수를 영입하라는 이야기를 하기 위해서라니.

"스타일이 자신과 비슷하다고 하더군요. 그 말을 듣고 바로 영입을 결정했습니다, 제드 호이어 단장."

"하지만 그렉 매덕스와 똑같은 투수라고 볼 수도 없지 않습니까. 지금의 전력만으로도 컵스는 충분합니다."

"자신할 수 있습니까?"

제드 호이어는 입을 꾹 다물었다.

2019년에 포스트시즌 진출을 실패하면서 시카고 컵스의 프런트는 엄청난 비난과 직면했다.

그건 71년이나 이어진 염소의 저주와 108년이나 이어진 무관을 끊어낸 테오 엡스타인 사장도 마찬가지였다.

"그리고 그렉 매덕스가 추천한 이유는 그것만이 아닙니다. 자신과 비슷한 유형이라는 것만 가지고 추천하지 않았습니다. 그가 말했던 건 단장님도 기억하지 않습니까?"

그렉 매덕스가 이상진을 추천한 건 그 재능 때문이었다.

인터넷에서 화제가 됐던 건 이상진의 기록이지만 흥미를 느낀 그렉 매덕스는 이상진의 경기 영상을 전부 찾아봤다.

시즌 초부터 마지막 우승을 결정짓는 순간까지.

"마스터는 거기에서 더 발전할 수 있다고 말했습니다. 나는 거기에 기대를 걸었고요. 저는 그의 안목과 같은 재능을 알아보는 힘을 믿고 있습니다."

그러면서 엡스타인 사장은 한숨을 내쉬었다.

"2019년에 우리는 실패했습니다. 2020년에 성공을 하기 위해서는 도박이 아니라 벼랑 끝에 매달리는 짓이라도 해야 합니다."

"하지만 한국에서 퍼펙트게임과 노히트노런을 했다고 해서 확실한 성공을 보장할 수는 없잖습니까."

"그러니까 도박이라는 겁니다. 사치세를 고려한다면 저비용 고효율을 노릴 수밖에 없습니다. 그리고 그건 이상진 선수 본인도 이해하고 있습니다."

"이해하고 있다니요?"

엡스타인 사장은 빙그레 웃었다.

아직 단장은 확실하게 눈치채지 못한 모양이었다.

"우리는 2년 전에 저스틴 벌랜더를 놓쳤습니다. 그가 부활할 줄은 아무도 예상하지 못했지만, 그는 결국 부활했고 대신에 선택한 다르빗슈는 실패에 가까웠죠."

"그렇다고 이상진을 영입하는 건……."

"그래서 도박이라고 했습니다. 그가 거북할 정도로 복잡한 옵션을 걸며 계약에 나선 건 자신이 세운 임팩트가 확실하다는 걸 알면서 동시에 믿음을 주기에 부족하다는 걸 알고 있기 때문이죠. 즉, 자신의 영입이 구단의 입장에서 도박이라는 점을 명확하게 인식하고 있습니다."

이번에 계약을 위해 협상을 하면서 이상진은 단 한 번도 스스로 자신이 세운 노히트노런이나 퍼펙트게임을 이야기하지 않았다.

단기간의 임팩트 외에 자신이 내세울 것이 없다는 걸 잘 알면서도 동시에 그 임팩트를 내세우지 않음으로써 계약을 노련하게 이끌어 나갔다.

"따라서 불확실성이 큰 그는 팀의 믿음을 얻고 싶어 합니다. 그렇기에 협상 과정에서 자신이 팀을 선택했다는 인식보다 팀이 자신을 선택했다는 인식을 심어주려고 했죠. 이건 보통 사람이 할 수 없는 일입니다."

호이어 단장은 흠칫 놀랐다.

분명히 자신이 불만을 품은 것도 그렉 매덕스가 추천했다는 사실 때문이 아니었다.

바로 사장이 직접 움직였다는 점 때문이었다.

이건 구단이 적극적으로 움직였다는 것처럼 보였다.

게다가 마치 계약 조건도 사전에 조율한 것처럼 아무런 대화 없이 첫 만남에 사인을 해 버렸다.

"어째서 직접 움직이신 겁니까?"

"사실 협상 자체는 단장님께 맡기려고 했습니다. 그런데 그런 과도한 옵션을 건 선수가 어떤 사람인지 궁금했습니다. 매덕스가 추천했다는 점도 있고요."

협상을 질질 끌 것을 고려해서 처음에만 얼굴을 내밀려고 했다.

그런데 협상을 할 겨를도 없이 이상진은 사장인 자신이 있는 자리에서 사인을 해 버렸다.

"지금의 메이저리그는 분명히 선수와 팀이 서로 윈윈하는 식의 협상을 하고 있죠. 팀이 영입 제안을 했어도 선택하는 건 선수의 몫입니다. 그런데 그는 자신의 기록을 내세우지 않고 우리의 제안을 수정하지 않은 채 고스란히 받아들였습니다."

시카고 컵스는 다른 구단의 움직임을 파악했고 계약서의 초안을 입수했다.

그걸 적절히 수정하여 계약을 제시했는데 이상진은 아무런 조율 과정 없이 바로 사인을 했다.

"심리적인 면을 파고드는 노련한 기술입니다. 에이전트가 일부러 노리고 한 건지는 몰라도 재미있게 됐네요."

돈은 성적에 따라서 받겠다는 방식이었다.

중요한 건 메이저리그 진출과 옵션을 온전히 받아들여 주는 것뿐.

서로 윈윈하는 결과임에도 겉으로 보기에는 속전속결로 계약이 체결되어 마치 구단이 물밑에서 무척이나 공을 들인 것처럼 보이게 됐다.

"정말 일부러 그랬겠습니까?"

"그건 내일 보면 알겠지요."

시카고 컵스의 저주를 끊은 주인공, 테오 엡스타인 사장은 희미하게 웃었다.

"아마 내 생각대로라면 내일 신문기사가 볼 만할 겁니다."

＊　　　　＊　　　　＊

「시카고 컵스, 이상진과 2년 계약 체결」

「엄청난 액수의 옵션 계약, 성적에 따라 받을 수 있는 금액이 천차만별」

「앞서 협상하던 다저스와 레드삭스를 제치고 이상진과 계약한 컵스」

「시카고 컵스의 물밑 협상이 계약을 쟁취하다」

「무명의 한국 투수 이상진, 그는 누구인가?」

엡스타인 사장이 생각했던 대로 영호는 스캇 보라스의 협조를 받아 언론에 소스를 뿌렸다.

그 결과 컵스가 물밑에서 협상을 벌여 다른 구단들을 제치고 협상에 성공한 것처럼 기사들이 쏟아졌다.

더불어 이상진의 노히트노런과 퍼펙트게임 기록을 언급하며 기대치를 높였다.

"사장님이 예상한 대로 이상진 측에서 언론을 움직였습니다."

"역시 재미있군요."

호이어 단장은 감탄했다.

이상진은 엡스타인이 예상한 대로 언론을 움직여 마치 컵스가 적극적으로 구애한 것처럼 포장했다.

아직 팬들 사이에서는 반신반의하는 의견이 많았지만, 여론은 나쁘지 않았다.

아니, 이상진 측에서 풀어놓은 기자들이 여론을 그렇게 몰고 나가고 있었다.

"스캇 보라스와 연계하고 있다고 합니다."

"그 돈에 미친 개자식이 대체 무슨 바람이 불었다고 이상진에게 협조해 주는 건지 모르겠군요."

"그거야 알 수 있겠습니까. 나중에 자신의 고객으로 만들려고 그러는지도 모르겠군요."

재미있는 건 흘러가는 여론이 시카고 컵스에게 나쁘다는 것도 아니었다.

팬들 사이에서 서로 토론할 여지는 남아 있더라도 나쁘지 않다는 게 공통된 의견이었다.

—연봉 자체는 적어. 선발 5경기 보장 이후에 성적에 따라 메이저리그 로스터에 남긴다는 것도 좋지.

—성적에 따른 옵션이 획기적인데? 선수는 무조건 잘해야 하는 거고, 구단은 못해도 상관없는 계약이잖아?

—하지만 영입이라는 건 기본적으로 성적을 생각하는 건데, 너무 도박이 아닐까?

—한국에서 노히트노런하고 퍼펙트게임을 한 시즌에 동시 달성한 선수라면 기대할 만하지 않을까?

이런 반응을 보면서 흥미로워하는 건 비단 시카고 컵스의 프런트만이 아니었다.

귀국 준비를 하는 이상진과 영호는 여론의 분위기를 살펴보며 만족스러워하고 있었다.

"이로써 네가 원하는 대로 됐다. 여론도 만들어 줬고, 기대치도 적당하고. 무엇보다 선발로 5경기를 보장받고 그 경기의 성적에 따라 마이너리그 거부권과 트레이드 거부권이 주어질 거다."

"아무튼 저 하기에 달려 있다는 거죠."

"젠장맞을. 아주 이놈 때문에 뇌가 녹아 버릴 것 같아. 대체 머리를 얼마나 굴려야 하는 거냐?"

영호가 미국에 와서 구단과 스캇 보라스, 그리고 여론몰이의 중심에서 조율하느라 잠도 제대로 자지 않았다는 사실은 상진도 잘 알고 있었다.

"정말 고생 많았어요."

"젠장. 내 돈도 아닌데 바득바득 협상으로 골머리를 앓아야 하다니."

"그래도 에이전트 비용으로 좀 당겼잖아요?"

"그래. 드디어 제대로 돈을 벌어 보긴 한다."

협상이 끝나자 시카고 컵스는 정식으로 계약이 완료됐음을 알리고 충청 호크스에 포스팅 금액을 지불했고, 영호에게는 에이전트 수수료를 지급했다.

충청 호크스 쪽에서는 약간 탐탁지 않은 반응이 돌아왔다.

연봉 500만은 받겠다고 선언해 놓고 정작 보장받은 연봉은 절반도 되지 않아서였다.

그래서 정민우 단장은 내심 상진의 한국 복귀를 기대했는데, 메이저리그 계약이 성사된 것에 무척 아쉬워했다.

"그런데 국내 반응은 어때요?"

"다들 네 메이저리그 진출을 응원하는 댓글이지. 물론 실패를 기원하는 댓글도 많은데 볼래?"

"그런 거 볼 필요는 없어요. 어차피 야구팬들의 입장은 두 가지예요. 까거나, 아니면 빨거나."

상진은 가볍게 웃으면서 손을 내저었다.

어떤 내용이 있을지 뻔히 아는데 굳이 댓글을 볼 필요는 없었다.

뭐든지 사람을 100퍼센트 만족시킬 수는 없는 법이다.

자신이 잘한다면 잘하는 대로 좋아하는 사람이 있고, 그와 반대되어 질투하고 시기하며 저주를 퍼붓는 사람이 있다.

하지만 단 하나 변하지 않는 것도 있다.

"어찌 됐든 제가 잘하면 비난하는 목소리는 수그러든다는 거죠."

"이 자식, 세상의 도를 깨친 것같이 구네."

이제 비행기 시간이 2시간쯤 남아 있었다.

출국하기 전에 공항 여기저기를 둘러보던 상진은 뜻밖의 얼굴을 발견하고 환하게 웃었다.

"강현이 형?"

"상진아? 너 여기에는 웬일이야?"

"한국에 돌아가려고 비행기 기다리던 참이었죠."

이야기를 들으니 김강현도 마침 한국으로 돌아갈 비행기를 기다리고 있었다.

비록 시간대는 달라도 같은 날 귀국한다는 이야기에 둘은 서로 마주 보면서 웃음을 터뜨렸다.

"이번엔 세인트루이스하고 계약한 거 축하해요."

"너는 컵스하고 했더라? 일부러 노린 건 아니지?"

"에이, 당연한 소리를 하시네. 한국인 투수끼리 맞대결을 계속하면 국내에 시청률이 얼마나 나올지 감도 안 잡히네요."

"어우, 무서운 소리 하지 마라. 너하고 맞대결을 또 하느니 차라리 등판을 미루겠다."

국내에서도 맞대결을 펼쳤지만 결국 자신이 밀렸었다.

강현은 그때의 기억을 되살려 보며 몸을 부르르 떨었다.

과도한 리액션에 웃음을 터뜨린 상진은 지금 이 자리에 없는 사람을 꺼냈다.

"유형진 선배하고도 맞대결을 해 봤으면 좋겠네요."

"그러게. 메이저리그에서 직접 상대하면 어떤 기분일까 싶다. 영상으로 보는 것만으로는 그 사람의 무서움은 실감할 수 없거든."

그 말에는 상진도 동감했다.

비록 4년뿐이었어도 상진은 유형진과 한 팀에서 뛰었던 적이 있었다.

좀 가볍고 잘 웃던 유형진의 분위기는 뭔가 짙어지고 진지해질 때면 180도 돌변했다.

그런 사람이 메이저리그에서는 더욱 발전했다.

시스템을 이용해 훌쩍 성장한 자신이라고 해도 승부를 장담할 수 없을 만큼.

"그나저나 큰일 났다. 카디널스하고 컵스는 엄청난 라이벌 관계라는데 서로 맞대결했다가 지면 지는 쪽이 돌 맞는 거 아닌가 몰라."

"서로 안 맞게 잘하면 되는 거죠."

"말이야 쉽지. 안 그래도 한국 언론에서 난리 났더라. 맞대결하면 누가 이기느냐고 기사를 쏟아 내던데?"

그 점잖은 세인트루이스 카디널스의 팬들이 유일무이하게

진흙탕 싸움을 마다않는다는 시카고 컵스.

그리고 2019년에 맞대결을 펼치며 좋은 승부를 만들어 낸 김강현과 이상진.

이 둘이 메이저리그에서 라이벌 팀에서 서로 맞대결을 할 수 있다는 소식에 국내 언론들은 벌써부터 난리였다.

"이제 난 시간 됐네. 그럼 나중에 또 보자. 그리고 서로 맞대결을 하게 되면 좋은 승부를 내 보자."

"그래도 제가 이길 테지만요."

"누구는 질 생각이냐?"

서로 마주보며 크게 웃은 상진과 강현은 서로 손을 마주잡았다.

"다음은 메이저리그에서."

"야구로 이야기하도록 하죠."

*　　　　*　　　　*

이상진의 이적이 확정되자 가장 아쉬워한 건 바로 충청 호크스의 팬들이었다.

이상진은 처음에 선발의 한자리를 차지하며 팀을 책임져 줄 에이스로 성장할 거라 기대받았다.

하지만 갑자기 찾아온 부상 이후 기량이 저하됐다.

좋지 않은 성적임에도 팀의 사정 때문에 어떻게든 1군에 머무르며 썩어 가는 만년 유망주.

그것이 바로 이상진이었다.

그런데 버리는 게 낫다는 평가를 받던 선수가 갑자기 부활해서 2019년의 팀 우승을 견인해 냈다.

말 그대로 불사조처럼 되살아난 이상진의 기량은 단 1년이라고 해도 무시무시했다.

"저기 이상진이다!"

"이상진! 호크스의 불사조! 이상진!"

충청 호크스에서 마련한 팬 미팅 자리에 나타난 이상진은 가벼운 복장을 하고 있었다.

"안녕하세요. 하마터면 늦을 뻔했죠?"

"아닙니다! 이쪽으로 앉으시죠!"

대전의 뷔페 식당을 빌려서 진행된 팬 미팅에 초대된 손님들은 200명이나 됐다.

추첨을 통해 진행된 팬 미팅의 경쟁률은 무려 300 대 1이나 될 정도로 엄청난 수의 야구팬들이 몰려왔다.

전부 2019 시즌 충청 호크스 우승의 주역이자 이제 메이저리그에 진출하게 된 이상진을 보기 위해서였다.

"이상진의 메이저리그 진출을 축하하며 건배!"

누군가 재빠르게 건배를 외치자 모여 있던 팬들이 전부 건배를 외치며 잔을 들었다.

자리에 앉자마자 잔을 건네받은 상진도 웃으면서 건배에 동참했다.

사실 상진은 오늘 팬 미팅에 참석하지 않아도 괜찮았다.

이미 시카고 컵스와 계약을 맺었고 이적이 확정되었다.

지금은 충청 호크스의 선수가 아닌, 시카고 컵스의 25인 로스터에 포함된 메이저리거였다.

"저기, 이상진 선수, 사인 한 장만 부탁해도 될까요?"

"아, 죄송합니다. 사인은 종이에 해 드리면 안 된다고 해서요."

한국에서도 비슷하지만 미국에서는 유명한 선수의 사인이 고가에 거래되는 일이 흔했다.

그래서 대부분의 선수들도 그렇고 구단에서도 자제를 촉구하는 게 바로 백지에 사인을 하는 일이다.

스캔을 해서 판다면 무제한적으로 찍어 내서 팔릴 수 있기 때문이다.

시카고 컵스에서도 계약을 끝내자마자 이 점을 알리며 주의를 부탁했다.

상진은 충청 호크스의 유니폼이나 모자, 그리고 로고가 새겨진 야구공에도 마찬가지로 사인을 해 줄 수 없었다.

그래도 팬들에게 미안했던 상진은 구단 직원에게 부탁을 하나 했다.

고개를 끄덕인 구단 직원이 돌아온 건 한 시간 정도 지난 다음이었다.

"부탁하신 물건을 가지고 왔습니다."

건장한 남자 여러 명이 낑낑대며 들고 온 건 커다란 상자였다.

대체 저게 뭔가 하고 궁금해하던 사람들은 먹는 걸 멈추고 일제히 다가왔다.

"야구공?"

"전부 야구공이네?"

상진이 구단 직원에게 부탁한 건 다름 아닌 로고가 새겨지지 않은 야구공이었다.

다른 구단의 로고가 새겨진 물품에는 사인을 해서 줄 수는 없으니 새겨지지 않은 공을 구해다 줄 것을 부탁했다.

"오늘 200명만 계시니 팔이 편하겠네요. 사인을 받고 싶으신 분들은 제 입에 음식을 한 번씩 넣어 주시면 됩니다."

사인 값이 한 번 먹여 주는 거라니 모여 있던 팬들은 다시 폭소했다.

다들 작은 그릇 위에 이것저것 챙겨 와서 이상진의 입에 넣어주었고 상진은 그걸 우물거리면서 공에 사인을 해 줬다.

"지혜와 민수 적어 주시고 하트도 그려 주세요."

"커플이신가 보네요?"

"네. 여자 친구는 드래곤즈 팬이라서요."

"설마 여자친구분이 김강현 선수 팬은 아니겠죠?"

농담을 던지며 상진은 야구공에 팬들이 원하는 문구까지 적어주며 사인을 해 줬다.

200명밖에 없었어도 생각보다 시간은 오래 걸렸다.

그래도 사인을 하는 손과 함께 상진의 입도 쉬지 않았다.

"너는 또 왜 왔냐?"

"메이저리그에 가는 또 다른 선배님의 사인을 받아야지 기운을 좀 받죠."

박상일과 정은일이 동시에 와서 사인을 요청하자 상진은 헛웃음을 터뜨렸다.

그래도 아끼는 후배들이었기에 주저하지 않고 사인을 해 주면서 어깨를 두드려 주었다.

"내가 없으면 팀을 이끄는 건 너희들이 되어야 한다."

10년이나 몸담아 온 팀이었다.

희로애락을 함께해 온 팀을 떠난다는 실감에 상진은 문득 감정이 북받쳐 올라왔다.

떨리는 목소리를 가다듬으며 상진은 두 후배를 끌어안았다.

"2020년에 호크스를 잘 부탁한다."

*   *   *

개인적인 일을 처리하면서 문득 생각이 난 상진은 자신의 인터넷 동영상 채널에 들어가 보게 됐다.

김기현과 영호가 운영 중이라고 했는데, 자신은 정작 제대로 들어가 본 적이 없었다.

"뭐야? 궁금해?"

"내 채널이라는데 당연히 궁금하죠. 대체 뭔 영상을 올렸는지 궁금하기도 하고요."

영호를 닦달해서 알아낸 채널에 들어가 보니 어느새 영상이 27개나 올라가 있었다.

생각보다 꽤 많다고 생각하며 둘러보던 상진은 문득 구독자수를 보고 눈을 부릅떴다.

"37만 명? 이게 전부 제 채널을 구독한 사람 수예요?"

"좀 많더라. 김기현 씨의 채널에서 넘어온 사람도 있고, 먹방 좋아하는 사람도 있고, 야구 좋아하는 사람도 있고. 각양각색이야."

가장 조회 수가 높은 건 바로 얼마 전에 참가했던 핫도그 많이 먹기 대회를 찍은 영상이었다.

미친 듯이 핫도그를 먹는 모습에 감탄하는 댓글들이 엄청나게 달려 있었다.

그걸 보면서 상진은 헛웃음을 지었다.

"세상에. 먹는 모습을 보는 걸 좋아하는 사람이 이렇게 많다고요?"

"인마, 조회 수도 200만이나 돼. 다른 영상이 10만, 20만 정도인 거에 비해서 이건 독보적일 정도야."

그 외의 영상들 중에도 조회 수가 높은 건 야구보다는 미국 여행 당시에 무언가를 먹는 영상들이었다.

시카고식 피자라든가, 칠리핫도그라든가.

온갖 먹거리를 즐기는 영상들은 상진이 야구 경기에서 보여준 모습을 편집한 영상의 두 배 이상이나 되는 조회 수를 기록하고 있었다.

"왠지 본말이 전도된 것 같네요."

"그렇게 어려운 말도 아냐?"

"운동만 했다고 생각하지 마시죠? 저도 쉴 때는 독서 정도는 합니다."

투덜거리면서도 상진은 준비해 놓은 간식을 먹으며 자신의 영상을 대충이나마 확인했다.

댓글들의 유형은 매우 다양했다.

좋아하고 환호하는 댓글이 대부분이었지만, 간혹 야구나 하라며 비웃거나 인신공격을 퍼붓는 댓글들도 있었다.

물론 악플을 하도 많이 당해 봤던 상진으로서는 별 감흥도 들지 않았다.

"아직 수익 창출은 안 하나 보네요?"

"그런 건 언제 알아 뒀냐? 지난번에 신청해 놨으니 이제 될걸?"

"그러면 그 수익은 이렇게 사용하고 싶은데요."

구체적인 이야기를 들은 영호는 어처구니없다는 얼굴로 상진을 올려다보고 이내 폭소했다.

"이 자식, 그런 걸 생각했을 줄은 몰랐는걸?"

"옆에서 보고 배웠죠. 어차피 미국으로 진출한 마당에 딱히 신경 쓸 일도 아니죠. 그리고 이건 야구로 번 돈이 아니니까요."

"그렇다고 기부를 하겠다는 건 좀 의외였다."

인터넷 동영상 스트리밍을 통해서 벌어들인 돈은 전부 기부한다.

야구로 벌어들인 돈도 아니었기에 큰 미련을 갖고 있는 것도 아니었다.

자신이 아무리 잘 먹는 걸로 유명하다고 해도 본질은 야구 선수.

괜히 이런데 눈을 돌릴 건 없었다.

"아, 그리고 김기현 씨한테도 수고비는 드려야죠."

"자기가 좋아서 하는 일이라고 수고비는 됐다고 하더라. 뭐, 그래도 내가 알아서 좀 챙겨 줘야지."

"그건 그렇고 준비는 잘되어 가나?"

"물론이죠. 어찌 됐든 첫인상이 중요할 테니까요. 그 전에 할 일이 태산이긴 하네요."

미국에 가기 전에 부모님하고 여행도 하고 식사도 할 예정이었다.

무엇보다 1월 말에 있을 설날을 맞이해서 친척 어르신들께 인사도 하고 선물도 돌릴 생각이었다.

2019년 빡세게 운동해서 벌어들인 돈이다.

문득 상진은 이번이 처음으로 하는 효도가 아닌가 생각하면서 코끝을 문질렀다.

*　　　　*　　　　*

메이저리그를 비롯해서 한국이나 일본에서도 프로야구 선수들은 1월을 휴식기로 잡는다.

그동안에는 선수들이 개인적으로 훈련을 하며 몸을 만들고 곧 찾아올 새로운 시즌을 준비한다.

그런 와중에 시카고 컵스의 단장 호이어는 당혹스러운 연락을 받았다.

"구단의 훈련 시설 말입니까?"

—그렇습니다. 조금 이르긴 해도 구단의 훈련 시설을 사용할 수 있는지 여쭙고 싶습니다.

각 팀의 스프링 트레이닝캠프 시작 시기는 2월 12~14일이다.

시카고 컵스는 2월 14일에 미국 애리조나 주 메사에 위치한 슬로언 파크(Sloan Park)에서 스프링 트레이닝을 시작한다.

그런데 아직 2주 가까이 시간이 남아 있는 시점에서 구단 훈련 시설을 이용할 수 있는지에 대해 문의해 올 줄은 예상하지 못했다.

—트레이닝을 위한 코치는 개인적으로 고용해 보겠습니다. 시설을 이용하는 것만 허락해 주실 수 있습니까?

"그건 조금 곤란할 것 같습니다. 이쪽에서도 일정이 정해져 있기 때문에 2월 5일 정도면 열릴 겁니다.

—그런가요? 알겠습니다.

"개방이 되면 따로 연락을 드리겠습니다."

전화를 마친 호이어 단장은 일찍부터 훈련을 시작하려는 이상진의 태도가 마음에 들었다.

구단의 입장을 호도하고 언론 플레이를 하는 시점에서 불안한 기색은 있었다.

하지만 미리부터 훈련을 시작하려는 건 나쁘지 않다고 생각했다.

"안 된다는데요?"

"그래? 그러면 어쩔 수 없지. 또 스캇 보라스의 조력을 받을 수밖에."

"또 돈이 깨지겠군요."

스캇 보라스는 자신과 계약한 선수들이 스프링 트레이닝을 시작하기 전에 몸을 만들 수 있도록 LA에 스포츠 트레이닝 센터를 만들어 놓았다.

비록 다른 선수들의 이용률이 생각보다 적어서 문제이긴 했어도 이용하는 데 일정 비용만 지불하면 가능했다.

전부 스캇 보라스가 편의를 봐준 덕분이었다.

"그곳에서 코치를 붙여 준다고 했으니 더욱 좋지."

"이렇게 서로 도움을 받다 보면 나중에 계약해야 할 것 같은 기분이 드는데요?"

"그때는 그때 나름대로 좋지. 내가 아무리 계약을 잘 따낸다고 해도 미국통인 그 양반보다는 못 할 테니까."

시카고 컵스에서의 2년 계약이 끝난다면 이상진은 다시 FA 선수로 풀리게 된다.

한국으로 복귀할 수도 있겠지만, 이상진의 기량을 미루어 짐작해 본다면 미국에서도 오랫동안 버틸 수 있다.

그때 스캇 보라스의 조력이 더욱 중요해질 터.

"그건 그때 가서 생각하도록 하죠. 설마하니 2년 뒤에는 저를 버리고 튈 생각은 아니겠죠?"

"그럴 리가! 나는 사실상 종신 계약이나 다름없으니까."

흑월 사자 때문에라도 영호는 상진에게서 손을 뗄 수 없었다.

처량한 자신의 신세를 되짚어보며 한숨을 쉰 영호는 기지개를 켜며 드러누웠다.

"에구. 내 팔자야."

*   *   *

미국에 먼저 도착한 상진은 로스앤젤레스에 있는 스캇 보라스의 스포츠 트레이닝 센터를 이용하며 우선 몸을 만들기 시작했다.

그리고 구단 시설이 개방됐다는 이야기를 듣자마자 사전에 열리는 미니 캠프 참가를 위해 애리조나로 향했다.

차를 타고 가까이 가자 붉은 담장이 눈에 들어왔다.

차에서 내리니 주위에 벌써부터 꽤 많은 사람들이 눈에 띄었다.

아직 스프링 트레이닝이 시작되지 않았어도 미니 캠프 참가자들을 구경하기 위해 몰려온 사람들이었다.

"사람이 벌써부터 많네요."

"구단 직원한테 미리 연락을 넣어 뒀는데 어디에 있는지 몰라."

그때 저쪽에서 구단 직원이 달려왔다.

간단하게 인사를 나누고 안쪽으로 안내를 받는데 중간에 있던 팬 하나가 상진을 향해 넌지시 말을 걸어왔다.

"당신도 컵스 선수입니까?"

"한국에서 온 이상진입니다. 혹시 아시나요?"

한국에서 갓 찾아온 선수인데다가 연봉 200만의 소소한 계약을 맺었다.

옵션이 엄청나더라도 성적이 뒷받침되지 못하면 의미 없는 조항들뿐.

그리고 무엇보다 메이저리그에 처음 얼굴을 들이미는 입장이라 팬들이 자신을 알까, 약간 두렵기도 했다.

"오오! 퍼펙트 피쳐!"

"한국에서 퍼펙트게임을 달성한 이상진이라고?"

그런데 팬들의 반응은 상상 이상이었다.

새로운 파트너

메이저리그의 스프링 트레이닝은 주로 플로리다와 애리조나에서 시작된다.

플로리다에 모인 팀들이 벌이는 리그를 그레이프푸르트 리그, 애리조나에서 벌이는 리그는 캑터스 리그라고 부른다.

그래서 이곳에는 2월에 휴가를 내고 스프링 트레이닝을 하는 선수들을 구경, 혹은 응원하기 위해서 팬들이 몰려왔다.

"한국 선수라고?"

"이상진?"

이런 골수팬들은 팀에 입단하는 선수 하나하나에 대해서 엄청난 정보를 수집한다.

광적이라고 표현할 정도의 정보 수집력이었기에 이상진에 대한 데이터는 이미 팬들 사이에서도 널리 알려져 있었다.

한국에서 팬들이 보여 주는 평범한 반응 정도를 생각했던 상진은 순식간에 주위를 채우는 팬들의 모습에 깜짝 놀랐다.

"퍼펙트 피처! 와우!"

"키가 생각보다 큰데?"

"응원하고 있다고! 뉴페이스!"

시카고 컵스의 팬들은 사방에서 환호하며 시카고 컵스의 응원가를 불러 댔다.

거리에서 마주쳐도 조용조용하던 한국의 팬들과 사뭇 다른 모습이었다.

시카고 컵스의 팬들은 108년이나 우승을 못 했어도 이탈하지 않고 꾸준히 응원을 하는, 말 그대로 야구와 컵스에 미쳐 있다고 들었다.

그걸 직접 마주하고 피부로 느끼니 상진은 절로 웃음이 나왔다.

"공식 입단식 때도 느꼈지만, 시카고 컵스의 팬 여러분께서 보내주시는 열광적인 성원은 언제나 힘이 됩니다. 하지만 제가 여러분께 해 드릴 수 있는 건 없습니다. 저는 옵션을 전부 챙겨 갈 예정이거든요."

센스 넘치는 이상진의 말에 잠시 얼어붙었던 팬들은 박장대소했다.

옵션을 모두 챙기겠다는 말은 메이저리그 특급 투수 정도의 성적을 내겠다는 말과도 같았다.

자신감을 돌려서 표현하는 상진의 능숙한 영어가 호감을 산 것도 한몫했다.

"혀에 기름칠을 했나. 저놈은 영어를 할 줄 알게 되니 말이 아주 청산유수네."

영호는 투덜거리면서 짐을 내리며 상진을 재촉했다.

몇몇 팬들이 내민 모자와 유니폼에 사인을 해 주던 상진은 영호와 구단 직원을 따라 안으로 들어갔다.

"팬들이 대단하네요."

"보통이죠."

아무렇지도 않게 대답하는 구단 직원의 얼굴에는 감출 수 없는 자부심이 떠올라 있었다.

그걸 재미있다는 듯 바라보던 영호는 상진의 옆구리를 쿡 찔렀다.

"컵스의 팬들이 엄청 열광적인 건 잘 알지?"

"잘 알죠. 미리 다 알아봤으니까요."

"성적이 개판이면 네 뚝배기 깨지지 않게 간수 잘해야 할걸? 미국이니까 총도 있을지도 모르지."

"무서운 소리 하시네요."

상진은 씩 웃으면서 엄지를 척 세워 보였다.

"상대 팀 선수들이 총 맞을 걱정을 해야 할걸요?"

*　　　　*　　　　*

미리부터 스프링캠프지에 합류하는 선수들도 은근히 있었다.

이미 1월부터 트레이너를 고용해서 체력을 관리하고, 개인 코치를 통해 자세를 교정하고 새로운 폼을 익혀왔다.

그만큼 꿈의 무대에 도전하는 야구 선수들의 준비는 혀를 내두를 정도였다.

단장을 비롯해서 감독이 미리 캠프지에 합류한 선수단을 모아 놓고 이상진을 소개했다.

"이번에 입단한, 한국에서 온 이상진이다. 포지션은 투수고, 우선은 선발진에 합류할 예정이다. 모두 인사하도록."

감독의 말에 선수들은 웅성거리기 시작했다.

"저게 그 한국인 투수라지?"

"노히트노런하고 퍼펙트게임을 달성했다는 그 투수?"

선수들도 이상진이 한국에서 달성한 기록에 대해서 어느 정도 들어 알고 있었다.

특히 선발 로테이션 경쟁을 해야 하는 선수들은 경계의 시선을 보냈다.

그때 앞으로 나선 건 2019년 개막전 선발이었던 존 레스터였다.

"미스터 리, 난 존 레스터라고 합니다. 컵스에 온 걸 환영합니다."

"저도 반갑습니다, 존. 개인적으로 당신이 2016년에 사이 영상을 놓친 게 참 아쉬웠습니다."

갑작스러운 상진의 말에 레스터는 눈을 깜박거리다가 웃음을 터뜨렸다.

그리고 가까이 다가가 상진을 와락 끌어안았다.

"하하하, 설마하니 그걸 기억해 줄 줄은 몰랐습니다."

"그래도 베이브 루스 상을 타서 다행이라고 생각했습니다. 어찌 됐든 잘 부탁합니다."

그때 다른 선수 하나가 얼른 다가와서 물었다.

"저는 누구인지 압니까?"

"설마 앤서니 리조 선수를 제가 모를 것 같습니까? 늦었지만 이번에 골든 글러브를 얻은 걸 축하합니다."

순식간에 선수들의 얼굴이 환해졌다.

회화에 아무런 지장이 없을 정도로 능숙한 영어는 물론이거니와 기존 선수들의 얼굴과 커리어에 대해서도 잘 알고 있었다.

아예 팀과 선수에 대해서 관심이 없다면 있을 수 없는 일이었다.

이건 전부 팀에 융화되기 위한 상진의 노력이 있어서 가능했다.

"대단한 선수군요. 설마하니 선수들 하나하나를 전부 꿰고 있을 줄은 몰랐습니다."

"한국말에 이런 게 있죠. 지피지기면 백전불태다."

"무슨 뜻입니까?"

"자신을 잘 알고 적을 잘 알면 백번 싸워도 위태롭지 않다는 말입니다. 그리고 다른 팀을 둘러보기 전에 자신의 팀을 둘러보는 게 원칙이겠죠. 이상진은 그 원칙에 충실한 선수입니다."

호이어 단장과 신임 감독인 데이비드 로스는 고개를 끄덕였다.

자신에 대해서 잘 알더라도 상대를 모른다면 변수에 대처할 수 없다.

반대로 상대를 잘 알더라도 자신을 모른다면 변수를 알아도 대처 방법을 알지 못한다.

"옳은 말씀입니다. 그래도 짧은 시간인데 많이 알아오셨군요."

"뭘요, 아마 이상진과 함께한다면 더 놀랄 일이 많을 겁니다."

"그건 그런데 미스터 리의 영어 실력이 상당히 늘었네요. 그때는 당신이 통역해 줬는데 오늘은 무척 능숙하네요."

"하하, 선수가 스스로 영어를 열심히 공부했더니 이렇게 됐습니다."

"그렇다고 쳐도 정말 잘하네요."

데이비드 로스 감독의 말에 영호는 연신 땀을 흘리며 둘러대느라 바빴다.

그러면서 이상진의 환영식은 선수들과 상진 사이의 대화를 꽃피우며 점점 열기를 더해 갔다.

"자자! 모두 주목. 언제까지 잡담할 거지?"

환영식이 끝나거든 바로 연습에 들어가야 했다.

감독의 말에 모두 쥐죽은 듯 조용해졌다.

"트레이너들에게 받은 계획표가 있을 거다. 각자 개인 계획을 가지고 온 선수들도 있을 테고. 오늘은 자율 훈련으로 진행할 테니 각자 준비하도록."

그렇게 시카고 컵스의 자율 훈련이 시작됐다.

＊   ＊   ＊

실전 등판에 앞서 스프링 트레이닝에서는 보통 불펜 피칭, 라이브 배팅에서 피칭, 시뮬레이션 게임 등의 과정을 거치게 된다.

캠프를 시작하자마자 전력으로 던진다는 말이 있을 정도였다.

그래서 3월부터 시범 경기를 치르면서 경기 감각을 조율하기 전에 확실한 몸을 만들 필요가 있었다.

첫인상이 좋게 박힌 상진은 구단의 감독하에 철저하게 몸 상태를 점검했다.

한국에서 부상 경력이 있었던지라 컵스로서도 매우 신중했다.

"허억!"

그리고 나온 결과는 컵스의 트레이너들이 경악할 정도의 수치였다.

엡스타인 사장은 궁금함을 이기지 못하고 트레이너에게 다가갔다.

"대체 어떻길래 그러나?"

"완벽합니다. 수술을 받은 곳은 흔적만 조금 남아 있을 뿐, 몸 상태나 근육, 체지방, 그 외 모든 항목이 완벽할 정도의 균형을 이루고 있습니다."

데이터를 받아서 살펴본 엡스타인 사장의 입에서도 탄성이 흘러나왔다.

8퍼센트를 약간 웃도는 체지방률과 상당한 양의 근육량, 게다가 키와 몸무게가 절묘한 밸런스를 유지하고 있었다.

무엇보다 신체 조건에서 엡스타인 사장은 실소를 짓고 말았다.

"72인치(183센티미터)의 키에 172파운드(88킬로그램)의 몸무게. 누군가 떠오르지 않나?"

"누구 말입니까?"

"마스터(Master)."

빼다 박았다고 해도 과언이 아닐 정도로 그렉 매덕스와 흡사한 신체 조건이었다.

아니, 정확히 따지고 보면 근육량이나 체지방률 등의 조건에서는 매덕스보다 더 좋았다.

"그런데 엄청나게 먹는다고 하지 않았습니까?"

"아까 선수단 식당에서 먹는 걸 보니 정말 어마어마하게 먹더군요."

충청 호크스에서는 다들 익숙해져서 별 반응을 보이지 않게 됐다.

하지만 시카고 컵스의 코칭스태프와 선수단은 상진의 식사량을 보고 전부 깜짝 놀랐다.

웬만한 선수의 서너 배를 먹어 대는 엄청난 식성은 혀를 내두를 정도였다.

상진은 이번에도 원정경기와 구단 관련 행사 도중의 식비는 구단에서 전액 부담한다는 부가 옵션을 걸어 놨다.

그걸 알고 있는 감독의 마음 한구석에서 불안감이 피어올랐다.

"그런데도 이 정도의 체격을 유지하고 있다니."

"운동량도 상당하다고 들었습니다. 아마 그래서 유지하는 게 아닐까요?"

과거 미국의 수영 영웅으로 유명했던 마이클 펠프스도 하루에 많으면 12,000 칼로리에 가까운 양을 섭취했다고 한다.

코치들이 보기에도 이상진도 그 정도의 양을 섭취하는 듯했다.

"그러면 오늘은 가볍게 몸을 만드는 정도로 하고 타격 연습도 해야겠어."

"벌써부터 말입니까?"

"배트를 쥐고 휘두르는 것 정도까지만 해야겠지."

데이비드 로스 입장에서도 그 점이 걱정이었다.

하지만 투수에게 전문 타자들만큼의 성적을 내길 바라는 것부터가 넌센스였다.

투수에게 기대하는 타격 능력은 적어도 상대 투수의 공을 건드릴 만큼의, 그리고 병살타, 혹은 무의미한 아웃 카운트를 만들지 않을 능력이었다.

"타격 경험은 어떻다고 하지?"

"10년 전 하이스쿨 졸업 이후 처음이라고 합니다."

*   *   *

"오오!"

벌써 불펜 피칭을 해도 될 정도의 몸이 만들어져 있었다.

처음 상진이 던진 공이 스피드건에 88마일(141킬로미터) 정도로 형성이 됐을 때는 그냥 그러려니 했다.

그런데 구속이 천차만별이었다.

"똑같은 포심 패스트볼인데?"

똑같은 포심을 던지는데, 어떤 공은 85마일까지 내려갔고 어떤 공은 94마일까지 올라갔다.

10마일 가까이 구속을 제어할 수 있는 솜씨.

투수 코치인 토미 하토비와 마이크 보르젤로는 구속을 자기 마음대로 조절하는 상진의 솜씨에 감탄했다.

"헤이, 리, 구속을 더 내릴 수 있나?"

"음, 한번 해 보죠."

이미 불펜 피칭으로 예약한 20구는 다 던졌지만 상진은 다시 자세를 잡았다.

동시에 두 코치는 똑같은 구종을 전혀 다른 속도로 던지면서도 똑같은 폼이라는 사실도 확인할 수 있었다.

파앙!

불펜 포수의 미트에 포심 패스트볼이 꽂히자 둘은 서둘러 스피드건을 확인했다.

구속은 82마일(132킬로미터)였다.

이 정도로 구속을 조율할 수 있다면 타자의 타이밍을 뺏는 건 일도 아니었다.

"한국에서 성공했다더니 그럴 만한 이유가 있었어."

"마스터가 추천해 준 투수라잖아?"

"직접 봐도 믿을 수가 없어."

더 놀라운 건 한국에서 기록한 최고 구속이 97마일(156킬로미터)였단 사실이었다.

아직 스프링 트레이닝인 만큼 구속은 더 올라갈 수 있었다.

"피칭은 됐고 이제 타격을 점검할 차례야, 미스터 리."

"후우, 타격은 좀 자신 없는데요?"

상진에게 있어서 야구 배트는 낯익으면서 동시에 낯선 물건이었다.

매일같이 보면서도 손을 댈 일이 없던 물건.

그것이 바로 지금 손안에 있었다.

그때 상진은 움찔 놀랐다.

[주위 환경의 개선이 확인되었습니다.]

[메이저리그 환경에 맞추어 포인트 상한선의 조정이 이루어

집니다.]

[포인트 상한선이 2천으로 상향됩니다.]

[시범 타격 후 타격 능력치의 설정이 시작됩니다.]

[설정 대기 중입니다.]

'이런 빌어먹을 시스템이!'

메이저리그로 진출했다고 포인트 상한선을 대폭 늘려 버렸다. 패치를 해도 이 정도로 악랄할 줄은 미처 몰랐던 상진은 속으로 온갖 욕을 퍼부었다.

그때 타격 코치가 배트를 쥔 상진의 자세를 교정하기 시작했다.

"휘둘러 봐."

코치의 말에 따라 어색하게 자세를 잡으며 배트를 휘둘렀다.

상진의 폼을 본 주위 선수들은 일제히 웃음을 터뜨렸다.

앤서니 아이어포시 타격 코치는 이마를 짚으면서 한숨을 내쉬었다.

하지만 오히려 이게 더 나을 수도 있었다.

"아예 백지 상태라고 보는 편이 낫겠어."

"나쁜 겁니까?"

"아니. 나쁜 버릇이 없으니 가르치기는 편하겠지. 번트 연습은 나중에 하도록 하고, 지금은 스윙이나 연습해 보지."

몇 번 반복하면서도 타격 능력치는 아직도 [설정 중] 표시였다.

코치의 지도에 따라 어깨에 힘을 빼고 가볍게 스윙했다.

아직 스프링 트레이닝 기간이니 그렇게까지 급할 이유는 없었다.

그때 웃고 떠들던 선수들이 하나둘씩 조용해졌다.

고개를 갸웃거리며 스윙을 멈추고 허리를 편 상진에게 폭언이 날아왔다.

"아주 춤을 춰라, 춤을 춰. 그렇게 하려면 피겨스케이팅이라도 하는 게 낫겠다."

불평불만이 가득한, 거칠고 묵직한 목소리였다.

상진은 고개를 돌려서 한 남자를 바라봤다.

덥수룩한 수염에 약간 주름진 얼굴은 익살스럽게까지 보였다.

하지만 생긴 것과 다르게 어딘가 모르게 흐트러진 눈빛은 살기마저 띠고 있었다.

상진에게 다가오는 그를 앤서니 타격 코치가 막아섰다.

"아까 환영식 할 때는 없었는데, 언제 왔나?"

"방금 왔습니다. 이놈이 새로 왔다는 투수입니까?"

인사를 건네는 앤서니 타격 코치를 밀어내며 다가온 남자는 상진을 똑바로 노려봤다.

물론 상진도 지지 않고 마주 노려봤다.

체격은 남자 쪽이 조금 더 컸지만, 키는 둘이 거의 비슷했다.

상진은 싱긋 웃으면서 확인하듯 물었다.

"조나단? 조나단 루크로이?"

"맞는데? 나를 어떻게 아네?"

딱히 호의적이지 않은 반응이었다.

다른 선수들은 자신에 대해서 아는 척을 해 주면 좋아했는데, 이 사람은 정반대였다.

상진은 얼굴을 찌푸리면서 다시 배트를 들었다.

"연습하는데 방해하지 마."

"왜? 또 댄스라도 추게? 파트너도 없는 댄스는 볼썽사나운데?"

상진은 끊임없이 자신을 도발하는 조나단 루크로이를 향해 피식 웃었다.

도발이라면 언제든지 환영이었다.

시카고 컵스로의 이적이 결정된 이후 상진은 주전 포수들을 훑어봤다.

그리고 경력과 플레이 영상을 지켜보며 조나단을 눈여겨봤었다.

하지만 친해지기 이전에 우선 기부터 꺾어 놓을 필요가 있어 보였다.

"지명 할당으로 팀에서 쫓겨난 누구보다는 덜 볼썽사납겠지."

"뭐야?"

조나단의 손이 상진의 멱살을 잡기 위해서 뻗어 나왔다.

하지만 미리 그걸 알고 있던 상진은 조나단의 손을 쳐 내며 반대로 그의 멱살을 틀어쥐었다.

"부상 때문에 지명 할당으로 쫓겨난 건 사실이잖아? 자랑이던 프레이밍도 안 좋아지고 타격 지표도 전반적으로 떨어지고. 그런 주제에 메이저리그에 진출한 새내기한테 갑질이라도 하고 싶은가 보지?"

"뭐라고?"

"게다가 술 냄새도 나네? 그러고도 프로 의식이 있다고 하겠어? 부상 때문에 힘들면 술을 마시는 게 아니라 연습해서 전성기 기량을 되찾을 생각을 해야지. 그러고도 메이저리거냐?"

순식간에 붉으락푸르락해진 조나단은 주먹을 쥐고 부들부들 떨었다.

한 대 치지 못해서 안달 난 얼굴.

하지만 상진은 거기에 기름을 끼얹었다.

"당신이 추락했어도 인생 밑바닥까지 가라앉은 건 아니잖아? 야구를 놓지 않았으면 훈련을 해! 그리고 다시 일어서!"

조나단은 한 대 치질 못해서 안달 난 것 같은 표정을 짓더니, 상진의 손을 쳐 내고 몸을 홱 돌렸다.

그의 뒷모습을 보면서 상진은 피식 웃었다.

사전 조사를 통해서 대충 저 사람이 어떤 유형인지는 알고 있었다.

"괜찮나?"

"예, 괜찮습니다. 그런데 조나단은 아직 훈련을 하지 않는 겁니까?"

"러닝을 하면 아직 얼굴 일부가 흔들리며 통증이 있다더군."

배트를 다시 고쳐 쥐면서도 상진은 희미한 미소를 지었다.

조나단 루크로이는 상진이 시카고 컵스라는 팀에 온 목적 중 하나였다.

그리고 생각했던 것 이상으로 재미있는 선수였다.

*　　　　　*　　　　　*

조나단 루크로이는 올스타에도 손꼽혔고, 몰리나에게 밀리기는 했어도 프레이밍 좋고 홈런과 타율 역시 좋은 포수였다.

하지만 2017년부터 어딘가 어긋나기 시작했다.

텍사스 레인저스에서 콜로라도 로키스로, 거기에서 또 오클랜드를 거쳐 에인절스를 지나 컵스까지 왔다.

잦은 이적은 제대로 된 적응을 할 수 없었고, 타격과 수비는 요동쳤다.

설상가상으로 작년에는 휴스턴의 제이크 마리스닉와 충돌하며 코뼈가 골절되는 부상까지 입고 지명 할당으로 이적하고 말았다.

원하지 않는 결과만이 계속되다 보니 정신적으로도 제대로 안정됐을리가 없었다.

시카고 컵스에 있는 멘탈 코치가 계속해서 케어해 줬어도 운동을 시작하면 코뼈가 욱신거려 도저히 집중할 수 없었다.

"이런 젠장맞을."

게다가 새로 입단한 선수에게 과한 관심이 쏠리는 게 못마땅했다.

어제 마신 술기운도 약간 남아 있기도 하고 욱신거리는 코뼈도 짜증이 났다.

그래서 일부러 시비를 걸었다.

하지만 돌아온 한마디가 가슴을 아프게 찔렀다.

'부상 때문에 힘들면 술을 마시는 게 아니라 연습해서 전성기 기량을 되찾을 생각을 해야지. 그러고도 메이저리그냐?'

이런 걸 팩트 폭행이라고 부르던가.

작년 부상에 이어 지명 할당으로 컵스에 이적하게 되면서 많이 좌절하고 절망했다.

만 33세이었기에 아직도 할 수 있다고 생각하면서도, 흔들리는 자신을 어떻게 붙잡을 도리가 없었다.

"나도 안다고!"

여자와 술로 자신을 달래고 신께 기도도 드려봤지만, 어찌할 도리가 없었다.

그런데 메이저리그에 갓 들어온 동양인 선수에게 그런 말을 들으니 더욱 분노가 치솟았다.

동양인 선수가 아니라 바로 자기 자신에게 화가 났다는 사실이 더 짜증스러웠다.

'당신이 추락했어도 인생 밑바닥까지 가라앉은 건 아니잖아? 야구를 놓지 않았으면 훈련을 해! 그리고 다시 일어서!'

그런데 왠지 이 말이 가슴을 아프게 찌르면서도 동시에 어딘가 후련하게 만드는 기분이었다.

술과 여자, 그리고 도박으로도 해소되지 않는 지금을 해결해 줄 실마리 같았다.

야구를 놓지 않았다면 훈련을 해서 다시 일어나라.

다들 야구를 잠시 잊고 쉬라고 했던 말과는 정반대되는 말이었다.

사실 훈련을 할 때마다 코뼈가 욱신댄다는 건 핑계였다.

통증은 이미 없어진 지 오래였다.

하지만 기량은 계속해서 떨어졌고 주전의 자리는 아래에서 치고 올라오는 어린 선수들에게 밀려났다.

이제는 야구를 대할 때마다 자신이 없었다.

'그래도 저딴 소리를 듣고도 참고 있을 수만은 없잖아?'

조금 전에는 마치 자신의 마음을 읽기라도 한 듯한 말에 자신도 모르게 물러서고 말았다.

하지만 이제 막 메이저리그에 온 애송이에게 한 방 먹은 채로 있고 싶지는 않았다.

'어디 네놈의 실력이 어떤지, 나한테 건방을 떨 수 있는 실력인지 내가 직접 확인해 주겠어.'

*　　　　*　　　　*

이상진이 불펜 피칭을 소화하리라는 건 이미 예정된 일이었다.

그런데 문제는 다른 데 있었다.

"조나단이?"

"예. 지금 불펜에 들어갔습니다."

다짜고짜 조나단이 불펜으로 쳐들어갔다는 말에 코칭스태프는 깜짝 놀랐다.

어제의 충돌을 알기 때문에 선수단은 역시 놀랄 수밖에 없었다.

그런데 황급히 와 본 불펜에서는 신기한 광경이 펼쳐지고 있었다.

"조나단? 왜 장비를 갖춰 입는 거지?"

"저 자식 공이나 한번 받아 보고 싶어서 그럽니다."

"미스터 리의? 어째서?"

"말했잖습니까. 공을 한번 받아 보고 싶어서라고요."

다른 사람들이 말려봐도 조나단은 막무가내였다.

포수 마스크까지 챙겨서 쓴 그는 불펜에 앉으며 미트를 들어 올렸다.

주로 코치 대우를 받는 포수들이 불펜 포수의 역할을 한다.

나이도 있고 주전은 아니더라도 엄연히 로스터에 포함된 조나단이 맡을 만한 역할은 아니었다.

하지만 맞은편에서 공을 쥐고 불펜 포수를 기다리던 이상진은 어깨를 으쓱거렸다.

그리고 다른 사람들에게 손짓했다.

"한번 받아 보라죠."

"흥, 타격이 개판인데, 공은 얼마나 괜찮은지 두고 보자."

어딘가 모르게 둘 사이는 위태로워 보였다.

건드리면 금방 터질 듯했다.

시카고 컵스의 선수들과 코치들은 조마조마한 마음으로 둘을 지켜봤다.

"뭐부터 받고 싶지?"

"패스트볼. 포심이든 투심이든 어디 한번 말해 봐."

"그럼 포심으로 던지지."

파앙!

이상진의 손에서 떠난 포심 패스트볼이 맹렬한 기세로 포수 미트에 꽂혔다.

공을 받아 낸 조나단은 눈썹을 찡그렸다.

'상당한 실력이야. 입만 산 건 아니었어. 구위도 좋고 구속도 좋아. 아직 스프링인데도 쓸 만한 공이야.'

입만 살아 있는 빈 쭉정이가 아니라는 걸 알아서 그런지 마스크 속에 감춰진 그의 입꼬리가 슬쩍 올라갔다.

그러면서도 말은 마음과 정반대로 나왔다.

"내 명치를 때리고 싶잖아? 이게 전력이야? 그러면 실망인데?"

"받아놓고 손이 얼얼해서 질질 짜면서도 말은 잘하네."

"누가 손이 얼얼해? 그깟 공은 메이저에서도 많이 봤어. 애송이."

짜증스러운 목소리로 대답하면서 조나단은 자세를 바로잡았다.

그동안 몸을 만드는 걸 게을리했더니 벌써부터 몸이 욱신거리는 기분이었다.

"다음은 투심이다."

"다른 데로 날아가지 않게 잘 던져라."

"너나 놓치지 마라."

날카로운 투심 패스트볼이 꺾여서 미트에 꽂혔다.

잡으려고 대기 중이던 조나단마저 움찔 놀랄 정도로 예리한 투심이었다.

표시된 구속은 88마일이었다.

구속을 확인한 조나단은 어처구니없다는 듯 웃으면서 다시 공을 던졌다.

'시즌이 되고 2~3마일 정도 더 올라온다고 치면 장난 아니겠어.'

그다음에도 슬라이더와 커브, 체인지업 등을 체크하며 둘의 입에서는 험한 말이 오갔다.

하지만 어제와 달리 멱살잡이는 벌어지지 않았다.

"슬라이더 말고 투심을 던지라고! 이 머저리야! 공이 너무 휘어지잖아!"

"슬라이더 사인을 보내 놓고서 어디서 발뺌이야! 사인 따위는 엿 먹었냐!"

그렇게 기존에 정해진 스무 개를 훌쩍 넘겨 마흔 개나 던지게 됐다.

앉아서 공을 잡던 조나단은 무릎을 펴며 인상을 찌푸렸다.

온몸이 부서지는 것처럼 우두둑거리는 게 운동 부족인 걸 확실하게 느낄 수 있었다.

"뭐야? 나이를 먹더니 이제 은퇴할 때가 됐나?"

"셧업. 아직 구속도 다 못 올린 애송이한테 듣고 싶지 않네."

아직 몸을 만들지 않았기에 근육에 무리가 가는 건 당연했다.

하지만 그것과 상관없이 지금 기분은 최고였다.

2017년 모든 지표가 곤두박질치면서 그는 술을 손에 대기 시작했다.

평생을 해 온 야구가 너무 무서웠고 훈련장에서 훈련하는 것조차 두려웠다.

"에이, 운동이나 하러 가야지. 이따위 공을 받다 보니 손맛만 버리네."

조나단 루크로이의 입에서는 끝까지 고운 소리가 나오지 않았다.

포수 장비를 내던지듯 벗으면서 불펜을 나가던 조나단은 확 돌아서며 이상진을 바라봤다.

"아무리 몸이 안 올라왔어도, 다음에 받을 때는 좀 더 제대로 된 공을 던져 봐."

이상진은 그 이야기에 그저 웃을 뿐이었다.

*　　　　*　　　　*

이상진과 조나단 루크로이의 충돌은 시카고 컵스 선수단 내에서도 단연 화제였다.

작년 8월에 다저스에서 지명 할당이 된 그를 데리고 온 호이어 단장은 골치 아프다는 표정을 지었다.

게다가 한 치도 밀리지 않고 기 싸움을 한 이상진에게 감탄했다.

"한 성깔 하는군요."

"선수라면 그 정도 성격은 있어야죠. 승부욕만이 선수의 미덕은 아니니까요."

"그렇다고 해도 조나단 루크로이는 좀 과했습니다."

사실 86년생 포수였기에 다른 포수들보다 나이도 있는 편이었다.

그래서 구단에서는 윌슨을 선발로 기용하고 빅터 카라티니를 1루수와 포수로 기용하면서 동시에 조나단을 3번째 옵션으로 쓸 생각이었다.

그런데 이렇게 신입 선수와 충돌하며 사고를 친다면 트레이드나 지명 할당을 생각할 수밖에 없었다.

"단장님, 감독님. 이상진 선수가 찾아왔습니다."

둘은 서로 마주 보고 동시에 고개를 끄덕였다.

이상진은 아마도 조나단과 관련된 일 때문에 왔을 것이다.

하지만 데이비드 로스 감독은 조금 다른 생각이었다.

작년 8월에 영입한 조나단도 그렇지만, 이상진도 팀에 갓 들어온 선수였다.

다른 선수의 트레이드나 방출을 요구하기보다는 합을 맞춰야 할 시기였다.

만약 예상대로 조나단의 퇴출을 요구한다면 적어도 좋은 반응을 보여 주긴 힘들 듯했다.

"안녕하십니까."

"미스터 리, 갑자기 무슨 일이지?"

"요청드리고 싶은 게 있어서 왔습니다."

"조나단과 관련된 일인가?"

이상진이 고개를 끄덕이자 둘은 역시 하는 표정이 됐다.

하지만 다음 이어진 상진의 말에 호이어 단장과 데이비드 로스 감독은 곤란하다는 표정을 지었다.

"그게 무슨 말인가?"

"그건 아무래도 좀 곤란하지 않겠나?"

아무래도 엊그제 있었던 일 때문에라도 조나단과 이상진이 이 이상으로 얽이는 걸 원하지 않았다.

둘은 마주치기만 하면 서로 으르렁거렸다.

그러다 보니 불안 요소끼리 부딪치게 만들고 싶지는 않았다.

그런데 이상진이 이런 이야기를 꺼낼 줄은 예상하지 못했었다.

"둘이 싸웠는데 화해는 한 건가?"

화해를 하지는 않아도 상관없었다.

애초에 싸울 생각은 없었으니까.

아니, 험한 말이 오가기는 했어도 싸웠다고 하기에 애매한 관계였다.

이상진은 확고한 선발포수인 윌슨 콘트레라스나 1루수와 포수를 겸직하는 빅터 카라티니를 원하지 않았다.

"화해는 아직입니다. 하지만 그것과 상관없습니다."

상진은 감독과 단장에게 다시 한번 단호하게 말했다.

"조나단이 몸을 제대로 만들어 온다면 제 전담 포수로 쓰고 싶습니다."

*   *   *

본격적인 스프링 트레이닝이 시작되며 시카고 컵스의 선수들은 점점 컨디션을 끌어올렸다.

그 가운데 가장 돋보이는 건 조나단 루크로이였다.

작년 코뼈가 부러지는 부상에서 회복되고서도 어물거리며 훈련에 적극적이지 않던 그는 단계별로 컨디션을 확확 끌어올렸다.

"선수들의 몸 상태는 대체로 양호합니다."

"부상을 입었던 선수들은?"

"전부 트레이너가 제시해 주는 재활 훈련 코스를 소화 중입니다."

"조나단은 어떻게 하고 있나?"

"가장 적극적입니다."

데이비드 로스 감독은 선수들에 대한 보고서를 훑어보며 데이터를 점검했다.

사실 이상진이 전담 포수로 조나단 루크로이를 원한다는 이야기를 듣고 탐탁찮은 반응을 내비쳤었다.

그만큼 조나단에 대해서는 큰 기대가 없었다.

기껏해 봐야 세 번째 포수 옵션과 함께 클럽하우스에서의 리더 역할 정도를 맡길까 생각했었다.

"경기에서의 성적을 봐야겠지만 쓸 만하다면 전담 포수가 아니라, 다른 투수들도 맡겨야겠어."

"그러면 점검할 게 하나 더 늘어났군요."

데이비드 로스 감독은 고개를 끄덕이며 한숨을 쉬었다.

처음 25인 로스터에 포함될 선수의 명단은 상당히 빡빡했다.

스프링 트레이닝 기간 동안 머리 터져라 구상을 해도 100퍼센트 확신할 수 없는 게 바로 25인 로스터였다.

"앤서니 아이언포시 코치. 타격 쪽은 어때 보입니까?"

"아직은 확실하진 않지만 예전 타격 폼으로 되돌리며 연습 중입니다. 예상이지만 2할 8푼 정도 칠 것 같습니다."

물론 2014년에 기록한 3할의 타율과 0.837의 OPS를 다시 기록하는 건 어려울지도 모른다.

하지만 2할 8푼이면 포수치고는 매우 준수하다.

그 정도라면 얼마든지 주전 경쟁을 할 만했다.

문제는 프레이밍과 포수로서의 수비 능력이었다.

"수비는 어때 보입니까?"

마이크 보젤로 보조코치는 싱긋 웃어 보였다.

"만족스럽습니다. 적어도 작년까지의 어설프고 대충대충이던 모습은 사라지고 있습니다. 다만 근력이 다소 떨어져 있어서 몸이 만들어지려면 시간이 걸릴 것 같습니다."

"으흠, 23일에 열리는 오클랜드와의 경기에서는 꼭 나가야 할 텐데."

"그런데 정말 미스터 리를 등판시킬 겁니까?"

23일 오클랜드 애슬레틱스와의 스프링 트레이닝 경기에서 이상진이 선발로 등판하기로 예정되어 있었다.

코치들은 상진의 역량에 대해 인정하고 있으면서도 동시에 아직 확신하지 못하고 있었다.

"등판시킬 예정입니다."

"그렇다면 정말 조나단을 미스터 리의 전담 포수로 올릴 생각이십니까?"

"물론입니다."

데이비드 로스는 고개를 끄덕이며 확답했다.

어디까지나 조나단의 기용은 미스터 리, 이상진의 전담 포수이외에는 없었다.

그것도 이상진의 요청이 없었다면 생각조차 하지 않았을 사안이었다.

"어찌 되었든 그때까지 몸을 얼마나 만들어 놓는지 봐서 그를 이상진의 전담 포수로 출전시킵니다."

2월 23일, 선발투수와 선발포수가 정해지는 순간이었다.

점심을 먹은 상진은 손에 들고 있는 공을 만지작거리면서 그립의 감촉을 다시 한번 점검했다.

메이저리그 공인구는 한국에서 사용했던 공인구와 비교하면 조금 더 작고 실밥이 덜 도드라져 잡기가 애매했다.

감촉도 좀 미끄러운 편이라 공을 잡아채기 힘들어서 적응하는 데 약간 애를 먹기도 했다.

하지만 이제 준비는 끝났다.

"헤이, 미스터 리, 준비는 해 놨나?"

"해 놨다면?"

"여전히 까칠하구만. 오늘 서로 합을 맞춰야 하는데 사인이나 제대로 확인하지?"

건들거리면서 다가온 조나단을 흘겨보던 상진은 육포를 씹으며 사인을 교환했다.

서로의 합을 맞춰 보던 조나단은 얼굴을 일그러뜨리면서 불평했다.

"무슨 조합이 이렇게 많아? 사이드암 투구? 대충 배운 거 아니야?"

"지난번에 삐그덕거리길래 봐줬더니 그게 내 전부였던 것처럼 생각하는 거야?"

"그럼 아니야? 한국은 그 정도만 해도 퍼펙트는 달성하는 줄 알았지."

"이봐, 조나단."

순간 상진의 목소리에서 감정이 빠져나갔다.

조나단은 순간 자신이 선을 넘었다는 걸 직감했다.

그만큼 이상진의 얼굴은 여태까지 없었던 적의를 드러내고 있었다.

"나는 모욕해도 좋아. 나도 너를 모욕했으니까. 그리고 한국 야구가 메이저리그보다 수준이 낮은 것도 사실이야. 협회는 늘 뒤통수를 치지 못해서 안달이고 구단들도 거기에 편승해서 어떻게든 유리한 쪽으로 몰아가려고 애를 쓰지."

자신이 부상으로 고생할 때 선수협에서는 자신에 대해서 외면했었다.

당시의 감독과 인연이 깊은 선수들이 주류였기 때문이었다.

그래서 딱히 선수협이나 대한 프로야구 연맹 같은 단체를 좋아하지는 않았다.

하지만 그곳은 자신이 야구를 시작하고 열정을 가졌으며 꿈을 품었던 곳이었다.

"하지만 내 나라는 까도 내가 깐다. 네깟 놈이 멋대로 평가할 자격은 없어."

움찔하며 입을 닫은 조나단은 코웃음을 치더니 팔짱을 꼈다.

"좋아. 사과하도록 하지. 하지만 그건 네 실력을 보고서 하겠어. 국가 대표로 뽑혀서 우승까지 할 정도로 네 나라를 대표하는 투수라면서? 네가 네 나라의 이름에 잉크병을 집어 던지는 투수가 아니라면 기꺼이 사과해 주지."

"남자 새끼가 혀만 길어가지고. 좋아. 오늘 감독이 허락해 준 3이닝을 퍼펙트로 막아 내면 무릎 꿇고 사과해라."

왠지 일이 커지는 기분에 조나단은 살짝 쫄렸다.

그냥 고개만 숙이고 말을 취소하면 되는 걸 괜히 한마디 했다가 무릎까지 꿇는 일이 되고 말았다.

그래도 설마하니 메이저리그에 와 치르는 첫 경기에서, 그것도 아직 몸 상태를 끌어 올리는 스프링 트레이닝 기간에 열리는 시범 경기였다.

아무리 뛰어난 투수라고 해도 과연 3이닝을 퍼펙트로 막아 낼까 싶었다.

"좋아. 무릎이 아니라 네 발에 입이라도 맞춰 주지."

입은 화를 부르는 문이라고 했다.

조나단은 이걸 충실하게 이행하고 있었다.

*　　　*　　　*

오클랜드 애슬레틱스는 머니볼의 주인공인 빌리 빈 단장으로 유명했다.

지금은 단장이 아니라 사장으로 진급했지만 여전히 오클랜드의 중심은 그였다.

그래서 그는 이상진의 영입 실패를 무척이나 아쉬워했다.

"저비용 고효율로는 그만한 선수가 없었는데."

한국에서의 자료를 보면 올해의 성적은 놀라울 정도였다.

가장 신기한 건 그의 1년간 성적이었다.

플루크 시즌이라 한번 반짝했다고 해도 이 정도로 압도적인 성적이 나올 수는 없었다.

"그렇게 대단한 투수입니까?"

"1년 동안의 피홈런은 단 한 개뿐이고, 피안타율도 1할을 간신히 넘기는 편입니다. 플루크 시즌이라면 1년 동안의 성적이 이렇게 안정적일 수가 없습니다."

다른 팀들이 다년간의 성적에 집중했다면, 빌리 빈 사장은 단년씩 나눠서 집중했다.

이상진은 분명 올해의 성적만이 좋았다.

하지만 처음 충청 호크스에 입단할 때부터 150킬로미터의 공을 뿌리는 유망주였다.

피지컬도 좋았고 변화구 습득력도 좋았다.

"시즌 초부터 끝날 때까지 좋은 성적을 유지했다는 거군요."

밥 멜빈 감독과 데이비드 포스트 단장도 그 점은 납득하고 있었다.

세이버 매트릭스를 이용한 분석 방법은 시대가 흐르면 흐를수록 더욱 많은 수치들의 개발로 이어졌다.

그래서 그들은 이상진이 본래 기대 받던 잠재력을 폭발시켰다는 데 동의했다.

문제는 대체 어떻게 재활에 성공했느냐였다.

"보통 저 정도라면 선수 생활을 포기하는 게 맞습니다. 그런데 이상진은 회복했죠. 아마 모르긴 몰라도 저 정도의 기량을 최소 5년 정도 발휘할 겁니다."

"잡지 못한 게 아쉽군요."

"우리는 스몰마켓입니다. 만에 하나 그가 옵션을 달성한다면, 전부 감당할 자신이 없어서요. 그렇다면 중간에 트레이드를 하게 될 텐데, 팬들의 원성을 어찌 감당한단 말입니까."

가뜩이나 예산이 아슬아슬한 마당에 연간 1,200만 달러나 되는 지출을 쉽게 감당할 수는 없었다.

"그런데 그가 과연 옵션을 전부 달성할 재목이었을까요?"

아직 의심하고 있는 다른 코칭스태프들의 이야기에 빌리 빈 사장은 싱긋 웃었다.

여태껏 몇 번 실패하기는 했어도 선수를 보는 눈 하나만큼은 자신 있었다.

"지금부터 보면 되겠죠."

그의 눈은 마운드에 서서 포수와 이야기를 나누는 투수 이상진에게 향해 있었다.

어딘가 모르게 날이 잔뜩 선 듯한 분위기였다.

"그러니까 패스트볼 위주로 간다고!"

"네 패스트볼이 통할 줄 알아? 변화구를 제대로 쓸 줄 알면 변화구 위주로 가자고!"

"젠장! 퍼펙트를 막는 건 나지, 네가 아니야!"

마운드에서 결국 한 번 더 충돌하고만 조나단과 이상진이었다.

그래도 씩씩거리면서 먼저 한발 물러선 건 조나단 쪽이었다.

"네가 퍼펙트 한다고 했으니까 어디 네가 알아서 던져 봐. 대신에 안 되면 다음 경기부터는 내가 사인을 준다."

"좋아. 어디 해보자고."

둘을 바라보면서 우려하는 건 데이비드 로스 감독만이 아니었다.

멀리서 지켜보던 앤디 그린 벤치 코치도 걱정스러웠다.

"둘이 저렇게 매번 충돌하는데 괜찮겠습니까?"

"괜찮을 겁니다. 스프링 트레이닝 기간 동안에 계속 싸우긴 했어도, 주먹다짐은 안 하지 않았습니까?"

사실 조나단이 제대로 몸 상태를 끌어올리리라고는 아무도 상상하지 못했다.

매일마다 아슬아슬할 때까지 훈련에 훈련을 거듭한 조나단 루크로이의 컨디션은 순식간에 경기를 소화할 정도로 올라왔다.

그래서 오늘 경기의 선발 포수로 결정됐다.

"하여튼 말은 드럽게 많아. 성격이야 진작에 눈치챘어도 저렇게 꼬치꼬치 말꼬리를 붙잡고 늘어질 줄은 몰랐어."

처음 만났을 때부터 대충 성격이 어떤지는 파악했다.

그리고 지금은 만족하는 편이었다.

자신이 한 말에 자극을 받았는지 어땠는지는 몰라도 열심히 훈련을 소화하며 몸 상태를 끌어올린 건 칭찬해 줄 만했다.

물론 말하는 걸 조금 순화해 준다면 더 칭찬해 줄 생각도 있었다.

"플레이볼!"

심판의 경기 시작 신호와 함께 상진은 1회 초 마운드에 섰다.

상대는 오클랜드의 타선, 그리고 1번 타자는 라몬 로리아노였다.

도미니카 공화국 출신으로 오클랜드의 중견수를 맡고 있는 라몬은 작년에 타율 2할 8푼 8리에 24홈런을 터뜨렸었다.

아직 나이도 어렸기에 오클랜드에서도 기대받는 선수였다.

[식사 시간이 되었습니다.]

[상대방의 포식 포인트가 표시됩니다.]

[타자의 포인트는 121입니다.]

생각보다 포인트는 높았다.

아니, 상한선이 높아진 걸 생각한다면 이 정도는 딱히 높다고 볼 수도 없었다.

그래도 한국에서 쉽게 볼 수 없는 포인트의 선수였다.

'그러면 어떻게 해 볼까.'

2014년부터 마이너에서 뛰었고 18년에 메이저로 콜업됐기에 생각보다는 오래 활동한 선수였다.

주루와 수비에서는 혀를 내두를 정도였지만, 콘택트이나 장타력에서는 특출나게 두드러지지는 않았다.

하지만 메이저리그 기준에서 두드러지지 않는다는 말이다.

'데이터로 확인한 건 컨디션이 좋을 때 안쪽 바깥쪽 가리지

않고 잘 치는 선수였지.'

그렇다면 시작은 역시 탐색전이다.

상진은 사인을 주고받으며 바깥쪽 스트라이크존에 걸치는 공을 선택했다.

컨디션이 나쁘다면 스트라이크가 될 것이고 좋다면 파울이 될지도 모르는 공.

따악!

'오늘 컨디션이 꽤 좋은 듯한데?'

영상으로 봤던 것보다 훨씬 좋은 스윙이었다.

지난 시즌이 끝나고 올해 폼을 간결하면서도 힘을 싣기 좋게 바뀌었다.

저걸 어떻게 상대할까 고민하는데 조나단이 사인을 보내왔다.

'이 자식이?'

오늘의 선택은 전적으로 자신에게 맡긴다더니 말을 바꿔 사인을 보내고 있었다.

하지만 꽤 재미있는 사인이었다.

'그럼 어디 해보자고, 파트너.'

*   *   *

'저게 한국에서 0점대 평균 자책점을 기록하고 왔다는 그 투수지?'

동양인치고는 꽤 큰 키였다.

라몬 로리아노 자신과 엇비슷한 키였다.

방금 전에 파울을 쳐 내고서 만만치 않다고 느꼈다.

하지만 오늘 컨디션은 매우 좋았다.

메이저리그의 어떤 투수가 와도 칠 수 있을 것 같은 기분이었다.

"볼!"

그런데 2구째 날아온 공은 뭔가 묘했다.

스트라이크존에서 아슬아슬하게 빠져나가는 공을 걸러 낸데 이어 3구째도 바깥쪽으로 빠져나갔다.

순식간에 원 스트라이크 투 볼이 되어 버리자 왠지 맥이 풀려 버렸다.

"헤이헤이, 설마 저쪽 투수가 나한테 쫄아 버린 건 아니지?"

"적어도 지금 네 거시기만 하진 않을까?"

"그럼 너무 커서 태평양에 걸치고 있을걸?"

라몬은 낄낄거리며 조나단과 트래쉬 토크를 주고받았다.

그러면서 투수에게 집중했다.

다음 공은 무엇이 올까.

모르긴 몰라도 더 이상 카운트에 몰리지 않으려면 확실한 공이 날아와야 할 것이 분명했다.

그런데 공의 회전이 아까 봤던 공과 엇비슷했다.

'또 포심?'

포심 패스트볼이라는 걸 알자마자 라몬은 자신 있게 배트를 휘둘렀다.

공이 날아오는 궤적과 코스, 그리고 아까 전에 봤던 구속을 전부 머릿속에 입력해 놓은 그는 자신이 있었다.

"스트라이크!"

하지만 그의 배트는 허무하게 허공을 갈랐다.

"어떻게 된 거야!"

그렉 매덕스가 남긴 말 중에 아주 유명한 게 하나 있다.

'메이저리그에는 공의 회전을 읽어 내는 타자들이 있습니다. 공을 놓는 릴리스 포인트의 차이로 구종을 알아내는 타자들이 있는가 하면, 커브볼이 손을 떠나는 순간 떠오르는 걸 포착하는 타자들도 있죠.'

메이저리그는 물론 세계적으로 야구에서 타자들의 기술은 날로 좋아졌다.

하지만 투수라고 해도 전혀 방법이 없는 건 아니었다.

'하지만 투수가 공의 속도를 조절할 수 있다면 어떤 타자라도 아무것도 하지 못하고 당하게 됩니다. 인간의 눈으로는 그걸 구분하는 게 불가능하거든요.'

그런 그를 존경했던 상진이 가장 공을 들였던 것도 똑같은 구종의 구속을 조절하는 일이었다.

미칠 듯이 던지고 또 던져 보면서 결국 성공해 냈다.

물론 한국에서는 부상 후의 구속이 급격히 저하되면서 난타 당하기 일쑤였기에 큰 위력을 발휘하지는 못했다.

하지만 몸이 회복되고 구속이 점점 올라가면서 그 위력은 배가 됐다.

"스트라이크! 타자 아웃!"

"FUCK!"

"태평양에 걸치고 있던 거 잘 챙겨가라고."

라몬의 입에서 험한 말이 튀어나왔고 조나단의 입가에는 미소가 떠올랐다.

입담 하나는 누구에게도 결코 지지 않는 남자의 조롱에 라몬의 얼굴은 붉으락푸르락해졌다.

그러면서도 조나단은 놀라움을 감출 수 없었다.

'아까 던진 건 90마일짜리 포심. 그런데 4구째는 85마일이 되더니, 아웃을 잡은 포심은 93마일.'

이 정도로 구속이 들쑥날쑥한 건 결코 우연이 아니었다.

이건 의도적으로 조정한다고 생각해야 납득할 수 있었다.

구속을 10마일 가까이 조정할 수 있다더니 헛소문이 아니었다.

'이건 진짜배기야.'

사인을 보낼 때까지만 해도 반신반의했었다.

그런데 사인을 받더니 씩 웃고는 자신이 보낸 사인대로 공을 집어넣었다.

코스도 스트라이크존에 공 반 개쯤 걸치는, 무시무시할 정도로 정확했다.

이상진에게 공을 던져 주며 조나단은 왠지 소름이 돋는 기분이었다.

메이저리그에서 좋은 투구를 하는 선수들은 무척이나 많다.

하지만 투구를 직접 받아 보면서 소름끼쳤던 선수는 극히 드물었다.

밀워키에서 텍사스 레인저스로, 거기에서 콜로라도 로키스와 오클랜드 애슬레스틱을 거쳐 에인절스와 컵스로 오기까지.

많은 투수들과 합을 맞춰 봤지만 이 정도로 전율이 이는 선수는 없었다.

이어서 타석에 선 오클랜드 애슬래틱스의 선수들은 이상진의 투구에 맥을 못 추었다.

1회에 올라온 세 타자는 삼진 두 개와 땅볼 하나로 너무 간단하게 물러났다.

하지만 더그아웃에 들어오면서 이상진과 조나단, 둘 다 불만스러운 표정이었다.

"미스터 리! 너 제정신이야? 거기에서 왜 슬라이더가 들어와! 투심을 던지랬잖아!"

"투심? 그 전에도 투심을 한 번 보여 줬는데 또 쓰라고? 차라리 비슷하면서 더 빠지는 슬라이더로 유인하는 게 나았지!"

더그아웃에 들어온 둘은 서로 마주서서 노려보며 언성을 높였다.

"낮게 제구하면 삼진이었어!"

"땅볼로 처리해서 잡았으면 됐잖아! 오늘 경기는 나한테 맡긴다더니, 이제 와서 쫄려? 수비는 남겨 뒀다가 수프라도 끓여 먹냐?"

"처음에 사인 받고 곧이곧대로 던지던 놈이 이제 와서 딴말이야!"

서로 언성을 높이며 으르렁거리는 둘을 보며 데이비드 로스 감독이 중간에 껴들었다.

둘의 가슴을 손으로 밀치면서 그는 웃어 보였다.

"자자, 1회는 잘 막았으니 됐어. 하지만 2회가 끝나고도 싸울 건가?"

코치 경험 없이 바로 감독이 됐다고 해도 데이비드 로스는 컵스의 우승과 함께 은퇴한 컵스의 선수였다.

특히 월드 시리즈 7차전에서 우승에 결정적인 솔로 홈런을 터뜨렸던 건 이 자리에 있는 모두가 기억하고 있었다.

조나단 역시 포수 출신이었기에 같은 포수 출신인 데이비드 로스 감독의 만류에 입을 다물었다.

"서로 경기를 복기하는 건 좋은 일이야. 하지만 지금은 다른 데 신경 써야겠지?"

데이비드 로스 감독이 가리킨 건 상대 팀의 더그아웃이었다.

그 역시 포수 출신이었기에 투수와 의견 차이로 대립하는 일이 잦았다.

하지만 경기 도중에 더그아웃에서 이러는 건 악영향만 있을 뿐이다.

"싸우는 건 나중에 해도 좋아. 누가 다치지만 않는다면. 하지만 상대를 놔두고 우리끼리 이렇게 싸운다면 어떻게 할지 알지?"

이상진과 조나단은 불만스러운 표정으로도 고개를 끄덕였다.

그러는 와중에 컵스의 공격이 시작됐다.

* * *

"놀라운 투구네요."

관중석에서 관람하는 빌리 빈 사장을 비롯해서 더그아웃에 있는 오클랜드 애슬레틱스의 코칭스태프들 전부 어안이 벙벙했다.

한국에서 좋은 성적을 거두었고 빌리 빈 사장이 극찬하기까지 했다.

일설에 의하면 전설로 남은 그렉 매덕스가 직접 추천했다는 이야기도 있었다.

"구속을 저렇게까지 조절한다면 방법이 없는데."

애슬레틱스의 밥 멜빈 감독도 한숨을 쉬면서 어깨를 으쓱거렸다.

어디까지나 시범 경기로 가볍게 치르고 싶었다.

그건 저쪽도 비슷하리라 생각했는데, 갑자기 뒤통수라도 맞은 기분이었다.

"그래도 나쁘지는 않을 것 같습니다. 이런 수준의 투수라는 걸 이제라도 재확인했으니까요."

라이언 크리스텐슨 벤치 코치는 오히려 후련하다는 표정이었다.

한국에서 온 선수들은 극과 극을 달렸다.

유형진처럼 뛰어난 성적을 내는가 하면 과거 실패하고 돌아
간 선수들처럼 뚜렷한 임팩트조차 내지 못한 선수들이 있었다.

"오히려 같은 리그가 아니라서 다행스럽기도 하네."

오클랜드 애슬레틱스는 아메리칸 리그였기에 내셔널 리그인
시카고 컵스와 마주칠 일은 많지 않았다.

동일 리그 동일 지구의 팀이 서로 19경기나 맞붙는 것과 달
리, 인터 리그에서나 마주칠 수 있었다.

그리고 올해 일정에서 두 팀은 맞붙을 일이 없었다.

"다들 정신이 번쩍 들겠어."

저런 투수를 겪어 보는 것도 하나의 경험이다.

그러면서도 밥 멜빈 감독은 아깝다는 듯 반대편 더그아웃에
있는 이상진을 보며 입맛을 다셨다.

*　　　　*　　　　*

조나단은 자신의 눈을 믿을 수 없었다.

1회 초에는 사인을 보냈어도 2회와 3회에는 이상진의 의견을
전적으로 따라 합을 맞추었다.

그 결과는 놀라운 수준이었다.

'슬라이더, 투심, 커터, 커브, 체인지업. 도대체 몇 가지를 던
질 줄 아는 거야?'

보통 변화구를 여러 개 던질 줄 안다고 하면 특급 투수라고 해도 그중 한두 개는 어설픈 구종이 있게 마련이다.

하지만 이상진의 경우는 그 어떤 케이스에도 들어맞지 않았다.

파아앙!

공이 땅에 닿을 듯 아슬아슬하게 스치며 아래에서부터 높은 코스로 올라오는 투구 폼에는 기가 막힐 노릇이었다.

'언더핸드라고? 그러고 보니 사이드암으로도 던진다고 했지?'

더 기가 막힌 건 이상진의 컨디션이 아직 완벽하게 올라오지 않은 상태라는 점이었다.

오클랜드의 선수들도 메이저리그에서 뛰는 선수들이기에 어떻게든 공을 건드려 보고는 있었다.

하지만 여지없이 수비에 의해 막혔다.

'젠장. 진짜 무릎 꿇고 사과해야 하나?'

경솔하게 입을 놀린 건 분명히 조나단 자신의 잘못이 맞았다.

그걸 쿨하게 인정할 용의도 있었지만, 무릎을 꿇는 건 아무래도 자존심이 허락하지 않았다.

하지만 이미 3회 초도 투아웃.

남은 타자는 9번 타자이자 애슬레틱스의 선발투수인 호아킴 소리아였다.

결과는 불을 보듯 뻔했다.

"스트라이크! 아웃!"

결국 이상진은 약속했던 대로 3회까지 퍼펙트로 막아 냈다.

사구도, 피안타도 하나 없는 완벽한 투구였다.

이쯤 되면 인정하지 않을 수가 없었다.

3회 말 컵스의 공격은 이상진부터 시작이었다.

더그아웃에 들어온 이상진은 야구 배트를 챙겨 들고 그라운드로 나갔다.

타석에 서는 게 생각했던 것보다 어색했다.

'카일 슈와버하고 앤서니 리조한테도 도움을 좀 받기는 했지만.'

아무리 연습을 했어도 선발투수와 마주보는 건 아직도 익숙하지 않았다.

특히 아까 3회 초에 아웃당했던 호아킴 소리아가 그걸 갚아 주겠다고 으르렁거리는 모습은 보기만 해도 한숨이 절로 나왔다.

"스트라이크!"

스트라이크와 함께 상진의 배트가 화려하게 허공을 갈랐다.

그와 동시에 시스템이 맹렬하게 울려 댔다.

[타격 능력치의 설정이 완료되었습니다.]

[이상진의 타자 능력을 표기합니다.]

[사용자: 이상진(타자)]

ㅡ콘택트: 26

ㅡ파워: 38

—주루: 44

—수비: 92

—선구안: 78

—보유 스킬(타격): 없음

—남은 코인: 84

어딘가 모르게 애처로운 능력치였다.

투수로서의 능력과 비교한다면 최악에 가까운 수치였다.

'수비하고 코인은 투수 능력에서 보인 수치와 공통적으로 적용되는 것 같네.'

문제는 콘택트과 파워가 상당히 낮다는 점이었다.

그나마 위안 삼을 수 있는 건 선구안 쪽.

상진 자신이 투수였기 때문이기도 하겠지만, 워낙 상대 선수에 대한 분석을 자주 하다 보니 익숙해져서 그런 모양이었다.

"스트라이크!"

아예 삼진을 잡아 버리려는 듯 2구째도 스트라이크존 정중앙으로 날아왔다.

상진은 그걸 가만히 지켜보면서 천천히 구속과 구위를 파악했다.

이런 능력치로 공을 제대로 쳐 낸다는 건 매우 힘든 일이다.

하지만 호아킴 소리아는 다음에도 변화구를 던질 생각은 아예 하지 않고 있었다.

'그렇다면 무조건 정중앙으로 휘두른다.'

따악!

상진이 휘두른 배트는 정확하게 공을 맞췄다.

허공에 떠오른 공은 투수의 머리 위로 높게 솟구쳤고 상진은 1루를 향해 질주했다.

"아웃!"

아쉽게도 앞으로 전진수비를 하고 있던 중견수의 손에 아웃이 됐다.

그래도 상진은 별로 개의치 않고 더그아웃으로 돌아갔다.

시스템 설정이 끝났고 부족한 부분이 무엇인지도 확인했다.

그렇다면 이제부터 부족한 능력을 개선하고 키워 나가는 데 집중하면 그만이다.

'아직 정규 시즌은 시작도 안 했으니까.'

[이제부터 코인을 사용하면 타격 능력도 랜덤으로 증가합니다.]

그리고 초를 치는 시스템 메시지에 상진은 이맛살을 찌푸렸다.

*　　　　　*　　　　　*

더그아웃으로 돌아오는 상진을 보는 조나단의 낯빛은 어두웠다.

뭔가 사과를 해야 하긴 했는데, 자존심 때문이라도 무릎까지 꿇기는 싫었다.

하지만 더그아웃에 돌아온 이상진은 아무 말도 하지 않고 뭔가 골똘히 생각하고 있었다.

조나단은 쭈뼛거리면서 그에게 다가갔다.

"어이, 미스터 리."

"어? 조나단?"

조나단의 얼굴을 본 이상진은 순간 뭐라고 말하려다가 입을 꾹 다물었다.

그러더니 한숨을 쉬고는 조나단의 얼굴을 똑바로 쏘아봤다.

"사과할 생각은 들었나?"

"그, 그래."

"무릎까지 꿇을 필요는 없어. 다만 내 조국을 무시한 거에 대해서는 사과를 받아야겠어."

순간 조나단은 눈을 부릅떴다.

무릎을 꿇을 필요가 없다는 말을 들을 줄은 몰랐다.

동시에 이게 자신을 배려한다는 것까지 이해할 수 있었다.

여기에서 무릎을 꿇는다는 것은 치욕이었다.

솔직히 그걸 감내하며 이 팀에 머무를 생각도 없었다.

그런데 이상진은 지금 자신이 남아 있을 곳도, 자존심도 남겨주고 있었다.

"그래. 미안하다. 네 출신 나라를 모욕하려는 생각은 없었다. 내 말실수였어."

"그럼 됐어. 앞으로는 말조심 좀 하도록 해."

주위에 있던 선수들은 전부 눈을 크게 뜨며 둘을 지켜봤다.

순순히 사과하는 조나단도 그렇지만, 아무렇지도 않게 넘어가는 이상진의 모습도 대단해 보였다.

이곳은 자유의 나라이자 평등의 나라인 미국이다.

누군가가 상하 관계에 놓이게 되는 건 어디에서나 불쾌한 일이었다.

여기에서 무릎을 꿇렸다면 오히려 다른 선수들의 반발을 샀을지도 몰랐다.

이상진은 이걸 유연하게 넘겼다.

하지만 끝은 아니었다.

"사과의 의미로 한턱 쏘는 건 알지?"

"오우, 좋아. 내가 오늘 거하게 쏜다. 네가 식성이 좋다고 들었는데 어디 오늘 배 터지게 먹어 보게 만들어 주지."

"네 지갑이 먼저 거덜 날걸?"

아직 시카고 컵스의 선수들도, 한턱 쏜다며 호쾌하게 웃은 조나단도 아직 몰랐다.

이상진의 위장에게 당한 피해자가 또 한 명 늘어났다는 사실을.

*　　　　*　　　　*

조나단이 상진을 데리고 간 곳은 바로 근처에 있는 펍이었다.

피자와 소시지 등을 팔고 동시에 맥주도 파는 가게였다.

조나단은 다른 선수들에게도 한턱내겠다며 그들을 전부 데리고 갔다.

"정말 마음껏 먹고 마셔도 되나?"

"물론이지! 어디 내 주머니를 어디까지 거덜 내나 두고 보자고!"

선수들은 전부 웃으면서 음식을 주문해서 먹기 시작했다.

갑자기 대규모 손님을 받게 된 가게 주인은 싱글벙글하며 신나게 술과 음식을 날랐다.

주위에서는 갑자기 찾아온 선수들과 함께 식사하게 된 시카고 컵스의 팬들이 맥주잔을 들어 올리며 환호하며 응원가를 부르기 시작했다.

"Baseball season's underway~!"

"Well you better get ready for a brand new day~!"

"Hey, Chicago, what do you say~! The Cubs are gonna win today~!"

"They're singing~! Go, Cubs go~! Go, Cubs go~!"

"Let's go~!"

선수들과 팬들이 한마음 한뜻이 되어 부르는 응원가에 상진도 동참하며 목소리를 높였다.

월드 시리즈 5차전이 끝났을 때 관중석에서도, 2016년 우승을 확정 짓고 퍼레이드를 벌일 때 엄청난 수의 사람들이 함께 열창했던 노래였다.

"크으, 역시 컵스의 팬들이 최고야. 열광적이고 짜릿하거든."

존 레스터의 말에 다른 선수들도 동조하면서 맥주를 들이켰다.

그러면서도 음주하는 양은 적당히 조절하고 있었다.

그들 중에는 내일 경기에 등판하는 선수들도 있었고, 아직 몸 상태가 완전히 올라오지 않은 선수들도 있었다.

메이저리거인 만큼 그들 스스로 개인 관리 하나만큼은 철저했다.

물론 몇몇 예외인 선수들은 있었다.

"엄청나네."

이상진이 먹는 걸 보면서 선수들 몇몇은 질린다는 표정을 지었다.

그들은 과거 엄청난 먹성을 자랑하는 선수들을 본 적이 있었다.

하지만 아무리 기억을 더듬어 봐도 대식가라고 소문난 메이저리거들과 이상진은 비교조차 되지 않았다.

쉬지 않고 먹어 대는 이상진의 먹성에 맞은편에 앉은 조나단은 신기하다는 듯 쳐다봤다.

"대체 얼마나 먹는 거냐?"

"원한다면 얼마든지 먹을 수 있지."

"와우, 많이 먹기 대회에서 우승을 차지했다더니, 헛소문이 아니었네?"

조나단은 상진을 물끄러미 바라보다가 맥주를 입 안에 탁 털어 넣었다.

"참 알다가도 모를 일이야. 너 정도 되는 실력이 있으면 더 좋은 계약으로 더 큰 팀에 갈 수 있던 거 아니야? 양키스라든가, 다저스라든가."

"그럴 만한 여건이 되지 않았거든."

"어째서?"

"내가 노히트노런하고 퍼펙트게임을 달성했다는 건 전부 단 1년 동안 낸 성적이니까."

상진이 대답하자 조나단은 믿기지 않는다는 표정을 지었다.

단 1년 동안 대기록이라는 노히트노런과 퍼펙트게임을 모두 달성했다는 것도 놀라웠다.

"그럼 0점대 평균 자책점을 기록한 것도?"

"아마 그걸 제외하고 나면 6점대의 자책점이 나오지."

"어째서 그랬던 건데?"

술이 들어가니까 조나단의 말투도 다소 부드러워졌다.

그리고 상진 역시 약간 감정을 누그러뜨리며 평소처럼 윽박지르거나 화를 내지 않았다.

"처음에는 순조롭게 성장했었지. 그런데 부상이 있었어."

"어디?"

"어깨, 고관절, 그리고 팔꿈치. 그것도 전부 한꺼번에 찾아왔어."

그 말에 조나단의 얼굴이 굳었다.

투수에게 있어서 어깨와 고관절, 팔꿈치는 무엇 하나 우선할 수 없을 정도로 중요한 부위들이었다.

그런데 세 부위를 동시에 부상당했다는 사실이 믿겨지지가 않았다.

"조나단. 너도 처음 메이저리그 데뷔했을 때 기회를 놓치기 싫었지?"

"그거야 모든 선수가 똑같이 생각하는 것 아니겠어?"

"그래서 나도 작은 부상 정도는 무시하고 싶었어."

1군에 기용된다는 것만으로도, 감독에게 신뢰를 얻었다는 것만으로도 행복했다.

팬들이 환호해 주는 것도 고마웠으며 공을 던져 아웃을 잡는 것도 즐거웠다.

그래서 거기에 취해 버린 나머지 부상을 외면했었다.

"어렸을 때의 치기라고 해야겠지? 아무튼 부상을 참기도 했고, 나를 기용해 주는 감독님한테 고맙기도 했어. 그때는 혹사라고 생각할 수가 없었지."

지금 생각하면 웃긴 일이었다.

팔꿈치와 어깨가 아파서 교체를 해 달라고 신호를 보냈다.

하지만 벤치에서는 이번 이닝까지 막고 내려오라는 사인이 돌아왔다.

난타당하고 구속이 떨어지더라도 어떻게든 이번 이닝까지 책임지고 내려가겠다며 이를 악물고 던졌다.

지금 생각하면 비난을 감수하더라도 자진강판을 했어야 했다.

"그때 부상에서 회복하고 재활을 하면서 야구가 갑자기 무서워졌다고 생각했지. 그래서 흐트러진 네 모습을 보고 생각했어. 이놈도 똑같이 부상과 기량 저하 때문에 야구를 마주 보기 힘들어졌다고. 그걸 무서워한다고."

"하, 그래서 그때 그딴 소리를 했었던 거냐?"

"어쩌라고?"

조나단은 어째서 이상진이 자신의 마음을 정확하게 짚어 냈는지 이제야 알 수 있었다.

어떻게 보면 자신도 작년 코뼈가 골절되는 부상에서 회복되었어도, 떨어진 기량 때문에 고민이 깊었다.

그래서 은퇴를 고민하기도 했다.

주위 지인들이 여태까지 열심히 했으면 이제 되지 않았냐는 식으로 말해 왔다.

그 말에 동의하면서도 내심 이대로 물러나도 되나 싶었다.

마지막으로 도전해 보고 싶은 마음이 간절했다.

"됐고, 오늘은 먹고 마시는 거다. 그리고 감독한테 들었어. 나를 전담 포수로 지명했다면서? 무슨 짓이냐?"

"아직 확정은 안 났잖아."

"그거야 그렇지. 감독도 검토 중이라고 했으니까."

조나단 루크로이의 전성기를 기억한다면 누구라도 그렇게 말할 것이다.

시카고 컵스 최고의 포수는 조나단이라고.

"네 전성기의 플레이를 보고 마음에 들어서 그래. 도루 저지나 송구는 별로더라도 상관없어. 타격도 필요 없어. 프레이밍과 블로킹만이라도 어느 정도 회복하도록 해 봐."

"도루 저지하고 송구는 왜?"

"나하고 합을 맞추면 도루 저지를 할 필요는 없을 테니까."

그 말에 잠시 멍한 표정을 짓던 조나단은 이내 폭소를 터뜨렸다.

술집이 떠나가라 큰 소리로 웃어 대던 조나단은 배꼽을 잡고 뒹굴거리기까지 했다.

"이거 진짜 대단하네? 네가 메이저리그에서 단 한 명의 주자도 출루시키지 않을 자신이 있어?"

"왜? 나하고 배터리를 짜면 더 신기한 광경도 보여 줄 수 있는데?"

"어떤 광경?"

상진은 씩 웃으며 소시지를 한 입 베어 물며 우물거렸다.

"은퇴하기 전에 월드 시리즈의 무대 정도는 밟아 보고 싶지 않아, 조나단?"

*   *   *

"Shit! Fuck! It's terrible!"

조나단은 잔뜩 흥분한 목소리로 분노를 터뜨렸다.

어제 술집에서 있던 일을 전부 기억하고 있던 컵스의 선수들은 전부 웃음을 터뜨렸다.

"젠장! 이건 사기라고!"

"조나단, 그렇게 화내지 마."

"그렇게까지 먹을 수 있을 줄은 몰랐다고!"

"그거야 그렇긴 하지."

계산서를 받아 들고도 도무지 믿을 수가 없었다.

가게에서 먹은 것만 자그마치 2,300달러가 나왔다.

그것도 적당히 배를 채워서가 아니라, 가게의 운영 시간이 끝나서 어쩔 수 없이 나온 것이었다.

"미스터 리!"

"잘 잤어, 콜린?"

훈련장에 나온 이상진은 선수들과 인사하며 안으로 들어왔다.

파란색 줄무늬가 들어간 하얀색 유니폼이 아직 몸에 맞지 않은지 볼 때마다 어색하긴 했다.

그래도 어제 애슬레틱스와의 경기에서 완벽한 투구를 보여 준, 기대받는 선발투수였다.

"진짜 네 배는 미스터리하다고!"

"다들 작정하고 먹으면 그 정도는 먹지 않아?"

"그럴 리가 없지! 우리는 그 정도까지는 못 먹어."

미스터리(Mystery)한 미스터 리.

말장난 같은 별명은 어느새 컵스 선수들의 입에서 오르락내리락하고 있었다.

"야! 너 이 정도로 처먹는다고는 말하지 않았잖아?"

"그런 걸 꼭 말해야 아나?"

"셧업! 앞으로 너한테 한턱 쏜다는 얘기는 죽어도 안 할 거다."

조나단은 으르렁거리며 뭐라고 더 쏘아붙이고는 자신의 훈련을 위해 돌아갔다.

상진은 싱긋 웃으며 손에 들고 있던 공을 허공에 던졌다 잡았다 하는 걸 반복했다.

메이저리그의 공인구에 더 적응하기 위해서 언제나 공을 손에서 놓지 않았다.

슬슬 캐치볼을 하기 위해 상대를 찾던 상진에게 데이비드 로스 감독이 다가왔다.

"미스터 리, 피로는 좀 풀렸나?"

"3이닝밖에 던지지 않아서 아직도 힘이 넘칩니다. 오늘도 등판하고 싶을 정도죠."

"그건 참아 주게. 다른 선수들도 체크해야 하니."

잠시 뜸을 들이던 데이비드 로스는 입가에 미소를 띠었다.

"자네가 요청했던 사항을 받아들이겠네."

"그 말씀은?"

"조나단 루크로이."

올해 메이저리그를 함께 뛸 이상진의 파트너가 확정됐다.

"그가 이번 시즌 자네의 선발 경기를 책임질 걸세."

*　　　*　　　*

연습 경기와 타격 연습을 병행하면서 상진은 쌓여 있는 코인들을 바라봤다.

자신의 능력으로 충분히 살아남을 수 있다고 생각했던 시점부터 코인을 사용하는 걸 잠시 멈췄었다.

하지만 이제는 다르게 생각해야 했다.

"뭘 그렇게 시스템을 뚫어져라 바라보냐?"

"오랜만에 코인을 쓸까 해서요."

상진은 스프링 트레이닝 기간 동안에 등판한 첫 경기에서 3이닝 무실점 퍼펙트로 막아 냈다.

하지만 위기감도 느껴야 했다.

한국에서 웬만한 선수들이라도 건드리지 못했던 공들을 메이저리그 선수들은 커트한 것이다.

역시 메이저리그는 메이저리그였다.

"이제는 메이저리그. 단 한순간도 방심할 수는 없으니까요."

영호도 그 점에는 동감했다.

한국에서 이상진이 독보적이었다면, 이곳에서는 꽤 상위권에 있어도 아예 건드리지 못할 투수는 아니었다.

망설일 필요는 없었다.

[체력이 1 올랐습니다.]

[회전수가 10 올랐습니다.]

[수비가 1 올랐습니다.]

[정확이 1 올랐습니다.]

......

[주루가 1 올랐습니다.]

[파워가 1 올랐습니다.]

코인을 사용하면 사용할수록 상진의 표정은 일그러졌다.

84개의 코인 중에 벌써 80개나 사용했는데 스킬이 하나도 나오지 않았다.

"이런 운발 망겜을 봤나!"

"그러면 스킬이 매번 튀어나올 줄 알았냐? 이런 날도 있어야지."

"남의 목구멍에 시스템을 틀어박은 저승사자는 입 좀 다무시죠?"

"요새 입이 좀 험해졌다? 조나단인지 요단강인지 모를 놈하고 붙어 다니더니 예의가 없어졌어, 예의가."

투덜거리는 영호를 뒤로하고 상진은 자신의 능력치를 골똘히 바라봤다.

전반적인 수치가 낮아서 그런지 투수 능력치보다 타자로서의 능력치가 압도적으로 올라갔다.

[사용자: 이상진(타자)]

―콘택트: 38

―파워: 46

―주루: 50

―수비: 93

─선구안: 81

─보유 스킬(타격): 없음

─남은 코인: 4

"미치고 환장하겠네."

"너는 투수잖냐? 시카고 컵스가 네 투수 능력을 보고 데리고 왔지, 타격 능력에 뭐 기대라도 하겠어?"

그 말이 맞기는 했어도 도전할 수 있는 부분을 포기하고 싶지는 않았다.

지명타자가 없는 이상, 그리고 자신이 타석에 서는 이상 찬스를 맞이하지 않으리란 법은 없다.

만약 9회 말 투아웃에 득점권 찬스가 찾아왔는데, 자신이 타석에 서게 된다면 그대로 물러설 것인가.

상진은 적어도 승부를 포기하고 물러설 생각은 없었다.

언제 찾아올지 모르는 찬스를 붙잡고 득점으로 연결시키기 위해서는 지금부터 부지런히 준비해 둘 필요가 있었다.

[코인을 사용합니다.]

두근거리는 마음으로 다음 시스템 메시지를 확인한 순간 이상진은 환호를 터뜨렸다.

[랜덤으로 스킬을 획득합니다.]

"뭐라고?"

"좋았어!"

이런 건 역시 마지막에 터지는 게 짜릿한 맛이 있었다.

그런데 그게 끝이 아니었다.
[랜덤으로 스킬을 획득합니다.]
"2연속이라고?"

선구자와 도전자

　22일에 등판한 상진은 몸 상태를 조금 더 점검한 후, 27일에 있는 텍사스 레인저스와의 경기에 등판이 결정됐다.

　이번에도 선발이었다.

　그리고 텍사스 레인저스는 한국 선수와 특별한 인연이 있기도 했다.

　"네가 이상진이구나?"

　"안녕하세요. 처음 뵙습니다."

　모 아나운서와 닮은 얼굴이긴 했어도, 몸 전체에서 느껴지는 아우라는 전혀 달랐다.

　고등학교 졸업 후 바로 미국에 진출해서 성공한 야구 선수 중 하나.

텍사스 레인저스의 테이블 세터로 뛰고 있는 추진수였다.

"형진이 이후로 이렇게 또 후배들이 메이저에 오니까 정말 반갑다."

"미리 인사를 드려야 했는데, 연락처를 구하기가 쉽지 않아서요."

"하하, 아니지. 후배들이 적응을 잘하게 내가 먼저 연락했어야지. 뭐 어려운 일은 없고?"

추진수와 상진은 그동안 만날 접점이 전혀 없었다.

같은 팀도 아니었거니와 국가 대표에서 만날 일도 없었다.

유형진이나 다른 선수, 혹은 스캇 보라스를 통해서 번호를 얻을 수는 있었다.

하지만 미국에서 집을 구하고 이런저런 준비를 하다 보니 연락도 늦어지고 말았다.

"전해들은 것만큼 좋은 분이시네요."

"내가? 내가 해 준 게 뭐가 있다고. 내가 메이저에서 버티는 것도 힘겨워서 후배들한테 뭘 해 주지도 못하는걸."

그가 이런저런 논란이 많은 선배이기는 했다.

하지만 메이저리그에 진출하는, 혹은 시도하는 선수들에게 있어서는 하나의 희망이자 목표였다.

고액의 계약과 더불어 다른 선수들보다도 격이 다른 성적.

'시스템의 도움이 없는데도 여기까지 올라온 선수지.'

이제 마흔이 얼마 남지 않았음에도 꾸준하게 성적을 내는 걸 보면 대단하다는 말밖에 나오지 않았다.

"오늘 경기에는 나오시나요?"

"컨디션 점검차 나가기는 할 텐데. 왜? 나하고 맞대결할 생각을 하니까 재미있을 것 같아?"

"제가 재미있는 건 둘째 치고, 저쪽에 계신 분들도 재미있어 할 것 같아서요."

스프링 트레이닝 기간에 열리는 시범 경기이긴 하지만, 이상진이 있는 컵스와 추진수가 있는 레인저스가 맞붙게 됐다.

일정을 확인한 한국 스포츠 언론에서는 부리나케 기자들을 파견했다.

지금도 둘이 이야기를 하는 모습을 카메라 줌을 당겨서 촬영하고 있었다.

"인터뷰하러 오는 기자들 때문에 또 골 아프겠네."

"동감입니다."

"그러면 경기에서 보자. 한국에서 첫 퍼펙트게임을 달성한 투수의 공을 한번 보고 싶거든."

고양된 호승심이 고스란히 묻어나오는 말에 상진도 씩 웃었다.

맞대결이 기대되는 건 추진수만이 아니었다.

상진 역시 메이저리그에 진출한 한국 타자의 우상에게 아웃카운트를 잡아 보고 싶기도 했다.

*   *   *

한국의 스프링 캠프는 훈련 위주로 돌아가며 연습 경기는 컨디션 점검이나 어린 선수들을 점검하는 차원으로 진행된다.

하지만 미국의 스트링 트레이닝은 오로지 경기 위주로 돌아간다.

그리고 팀을 응원하며 몰려든 팬들로 인해 경제효과도 어마어마했다.

애리조나에서 열리는 캑터스 리그로 한 해 피닉스 메트로폴리탄 지역에 끼치는 경제 효과가 3억 달러에 이른다는 분석도 있었다.

과거 컵스와 샌프란시스코 자이언츠의 경기에는 1만 명이나 되는 관중이 들어서기도 했다.

"이야, 정규 시즌도 아닌데 이 정도라니."

"고작 이거에 놀라? 담이 작네. 정규 시즌에 리글리 필드에 들어가면 이거보다 몇 배는 많은 관중들을 보게 될걸?"

조나단은 시범 경기를 보러온 관중에 살짝 놀라워하는 상진을 놀리면서 핫도그를 하나 건넸다.

그걸 받아 들어 10초도 안 걸려 다 먹은 상진은 손가락을 빨면서 다시 주위를 둘러봤다.

"한국은 정규 시즌이 아니면 사람이 그리 많지 않거든."

한국에서 봄에 열리는 시범 경기의 관중은 많아도 4~5천 명 정도.

그런데 이제 한창 물이 오르기 시작한 애리조나 캑터스 리그에서는 그거의 두 배는 가볍게 넘는 관중들이 모여들었다.

그중에서도 가장 돋보이는 건 바로 컵스의 관중들이었다.

"이상진 선수, 오랜만입니다."

"아, 김명훈 기자님. 여기까지 오셨네요."

월드 스포츠의 김명훈 기자는 오랜만에 보는 상진과 인사를 나누며 활짝 웃었다.

그때 구단 직원들이 달려와 그를 제지하려고 했다.

컵스는 이상진이 과도하게 언론에 노출되는 걸 원하지 않아 했다.

"괜찮습니다. 지인이라서요."

명훈은 구단 직원들과 이야기를 나누는 상진을 보며 감탄했다.

"영어를 무척이나 잘하게 됐네요."

"좋은 선생님을 구해서 공부한 덕분이죠. 그런데 여기에는 취재 겸 오신 건가요?"

"예. 조금 전에 후배가 추진수 선수와 인터뷰를 하러 갔습니다. 저는 이쪽으로 왔죠."

"언론 취재는 사절인데요?"

"개인적인 이야기도 안 됩니까?"

한국에서 있을 때와 비교해도 전혀 변하지 않았다.

아직 메이저 물을 덜 먹어서라고 생각할 수 있었지만 선수들과, 그리고 구단 직원들과 대화를 나누는 걸 보면 적응 걱정은 하지 않아도 될 것 같았다.

"개인적인 이야기라면 괜찮죠."

"미국에 와서 음식에 적응하지 못하는 선수들도 많던데 이건 괜찮나요?"

"저는 음식을 가리지 않으니까요. 매운 음식도 괜찮고 짠 음식도 괜찮죠. 물론 느끼한 건 더 잘 먹습니다, 하하하."

"먹성 좋기로 유명한 이상진 선수답네요."

명훈도 명색이 기자라서 그런지 대화도 약간 인터뷰같이 진행이 됐다.

그래도 딱히 큰 상관은 없었다.

녹음기 같은 걸 틀어 놓지도 않았을뿐더러 명훈도 대화하기 편한 분위기를 만들어 줬다.

"오늘 선발 라인업을 보니 추진수 선수와 맞붙게 되더군요."

"예. 서로 선발이자 1번 타자이니 정면으로 맞붙게 됐죠."

"자신 있으십니까?"

잠시 대답을 미루면서 상진은 입꼬리를 쓱 끌어올렸다.

추진수가 아니라 메이저리그의 그 누가 오더라도 삼진을 빼앗을 자신이 있었다.

"저는 얻어맞으려고 메이저리그에 온 게 아니니까요."

"이상진 선수다운 대답이네요."

"기사로 쓰셔도 좋아요."

"하하, 그러면 조금만 쓰도록 하죠. 컵스에서의 적응은 어떻습니까? 듣자하니 조나단과 약간 충돌이 있었다던데요."

기자들의 소식통은 상당히 빨랐다.

특히 메이저리그에도 약간의 인연이 있는 김명훈에게 이런 소식은 바로바로 들어오는 편이었다.

상진은 쑥스럽게 웃으면서도 옆에서 멀뚱멀뚱 구경하고 있는 조나단을 가리켰다.

"제 전담 포수가 됐습니다."

"전담 포수요? 들기로는 멱살잡이도 했다던데요?"

"그렇긴 하지만 사람은 싸우면서 친해진다죠?"

물론 그렇지는 않았다.

지금도 상진이 자신을 가리키며 뭐라고 하자 씩씩거리며 콧김을 뿜어내고 있었다.

＊　　　　　＊　　　　　＊

조나단은 심각한 얼굴로 다가왔다.

"잘 들어."

"잘 듣고 있어."

"제발 말끝까지 듣고 좀 끊어! 메이저리그의 무서움이라고는 눈곱만큼도 없는 이 애송아!"

씩씩거리는 조나단을 더 자극했다가는 경기에도 지장이 생길 것 같았다.

그를 놀리는 걸 그만둔 상진의 얼굴에는 웃음기가 사라졌다.

경기에 온전하게 집중하기 위한 최상의 상태.

그걸 확인한 조나단은 굳어진 얼굴을 조금 풀었다.

"텍사스의 타선은 생각보다 만만치 않아."

"메이저리그 타선 중에 어느 팀이 만만치 않겠어? 그래서 그 말을 하려고 올라온 건 아니지?"

조나단은 머리는 차분해졌는지 말투는 어느 정도 가라앉았다.

"난 추진수를 거르라고 얘기하고 싶다."

"장난해?"

상진은 곧장 반발했다.

어느 투수가 타자 얼굴을 보자마자 꽁무니를 빼겠는가.

납득할 수 없는 이야기였다.

조나단은 상진의 반응에 씩 웃어 보였다.

"하지만 그건 정규 시즌의 이야기지. 오늘은 시범 경기잖아? 네 의사를 적극 반영하도록 하지. 어떻게 요리하고 싶어?"

추진수라는 이름은 대한민국의 투수 중 누가 들어도 주눅이 드는 이름이었다.

상진도 그의 타격 플레이를 보면 주눅이 들지 않을 수가 없었다.

동갑내기인 부산 타이탄즈의 이대룡이나 충청 호크스의 김대균과 비교해 봐도 압도적인 타격이었다.

둘을 합쳐 놓고 거기에 주루 능력을 더해 놓는다고 해도 지금의 추진수가 상위 호환이라고 여겨질 정도다.

곰곰이 생각해 보던 상진은 한숨을 푹 내쉬었다.

"생각해 보니 답이 없네."

"나도 저런 타자는 웬만하면 상대하고 싶지 않아. 그래도 아예 피하면서 살 수는 없잖아? 어떻게든 해 보자고."

그래도 아예 방법이 없는 건 아니었다.

메이저리그 영상을 돌려 보면서 가장 많이 본 영상 중 하나가 바로 추진수의 플레이였다.

공략법이 아예 없을 수는 없었다.

상진이 얼추 정리한 방법을 들은 조나단은 씩 웃으면서 고개를 끄덕였다.

그가 생각했던 최선의 공략법도 상진의 생각과 비슷했다.

대기타석에서 슬슬 타석으로 올라오는 추진수의 표정은 아까 웃으며 이야기했을 때와 정반대였다.

투수에게 공포가 느껴질 정도로 무시무시했다.

'저런 타자가 메이저리그에는 더 많다는 거지.'

추진수가 저 정도라면, 현 시점에서 메이저리그의 최고라고 불리는 야구 선수이자 21세기 최고의 야구 선수인 마이크 트라웃은 어떤 분위기일지 궁금했다.

'역시 세상은 넓어.'

조나단이 마운드에서 내려가자 상진은 타석에 서 있는 추진수를 똑바로 바라봤다.

'그렇다고 질 수는 없지.'

하지만 포인트를 확인하는 순간 주눅이 들었다.

[식사 시간이 되었습니다.]

[상대방의 포식 포인트가 표시됩니다.]

[타자의 포인트는 206입니다.]

처음으로 보는 200 포인트 대의 타자였다.

지난번에 프리미어 12 당시 봤던 앤드류 본의 포인트도 200을 넘지 못했다.

나이를 먹어서 기량이 떨어졌다는 이야기가 거짓말처럼 느껴졌다.

'와우, 장난이 아닌걸?'

조나단의 말대로 정규 시즌에서 마주쳤다면 포인트 표시만으로도 겁을 먹었을지 모를 정도였다.

하지만 지금은 스프링 트레이닝 기간 동안 벌어지는 연습 경기.

내부적인 평가에 영향이 있을 수는 있어도, 어차피 자신은 선발 5경기를 보장받았다.

지금은 오히려 과감하게 나가야 할 때.

때마침 조나단에게도 사인이 들어왔다.

'이 자식이?'

평소에는 서로 성격도 잘 안 맞고 으르렁거리길 반복하는 사이였다.

경기 시작 전에도 서로의 성질을 긁으면서 말싸움을 했다가 데이비드 로스 감독에게 한마디 듣기도 했다.

약간 경박하면서도 말을 툭툭 내뱉는 조나단 루크로이.

그리고 언제나 자신만만하면서도 진지하며 뼈 있는 말을 내뱉는 이상진.

평소의 둘이라면 서로 말로 치고 박고 난리를 쳤겠지만, 묘하게 그라운드 위에서만큼은 마음이 잘 맞았다.

'좋아. 해보자고, 파트너.'

상진은 조나단의 사인에 고개를 끄덕이면서 타석에 서 있는 추진수를 노려봤다.

*   *   *

한국에서 노히트노런과 퍼펙트게임을 한 시즌에 달성한 투수.

그 명성은 머나먼 미국에서 뛰는 추진수도 알 정도였다.

게다가 프리미어 12에서 일본과의 경기에서 달성한 노히트노런은 직접 TV 중계로 지켜보기도 했다.

'적절한 구속 제어와 예리한 투심 패스트볼, 그리고 타이밍을 빼앗는 체인지업. 사이드암 투구는 평범한 것보다 조금 나은 수준이지만 이것도 타이밍을 빼앗는 데 사용하는 투수.'

새벽 일찍부터 나와 훈련에 매진하며 자기 관리에 철저한 추진수였기에 상대 투수에 대한 분석도 철저했다.

이상진의 데이터를 분석하면서 나오는 건 탄성뿐이었다.

구종과 구위, 혹은 구속 때문만이 아니었다.

이 투수는 철저하게 타자의 타이밍을 빼앗기 위해 태어난 화신 같아 보였다.

'그렇다고 당해 줄 수만은 없지.'

적어도 선구안만큼은 다른 사람에게 뒤지지 않는다고 자신했다.

게다가 상대는 자신이 약한 좌완 투수가 아니었다.

또한 그는 자신의 역할을 잘 알고 있는 타자이기도 했다.

1번 타자의 역할은 안타를 치는 게 아니라 출루를 하는 것이다.

그것에 충실하고자 집중했다.

"볼!"

포심 패스트볼이 스트라이크존에서 약간 높게 들어왔다.

그걸 그대로 흘리며 지켜보던 추진수는 실소했다.

이번에는 약간 낮게, 그리고 똑같은 코스로 날아오는 포심 패스트볼이었다.

그는 눈을 부릅뜨며 배트를 휘둘렀다.

"스트라이크!"

배트를 회수하며 진수는 입술을 잘근잘근 깨물었다.

구속을 조절할 수 있다더니 아까보다 낮은 구속의 공에 타이밍을 빼앗겼다.

이를 갈면서 다음 공을 지켜보는데 이번에는 2구째와 같은 구속으로 같은 코스에 공이 날아왔다.

"파울!"

"이런!"

방금 전의 공은 높게 들어온 슬라이더였다.

구속이 2구째와 비슷하다는 점 때문에 구종을 확인하는 데

착오가 있었다.

카운트가 몰린데 아쉬워하면서도 추진수는 식은땀이 등줄기를 타고 흘러내리는 걸 느꼈다.

'구속을 조절할 수 있다면서 변화구까지 섞어 들어오다니.'

같은 구종의 빠른 공과 느린 공을 섞어서 던지면서 동시에 비슷한 코스이면서 느린 패스트볼과 같은 속도인 변화구를 던진다.

자신의 타이밍을 빼앗는 투구 패턴은 이상진이 처음 보여 주는 것이었다.

'메이저리그에서도 흔하지 않은… 아니지.'

추진수는 집중력을 끌어 올리며 배트를 쥔 손에 힘을 더했다.

처음에는 잘 분석했으니 괜찮으리라 생각했다.

하지만 지금은 아니었다.

'어쨌든 허투루 상대할 수는 없다.'

"파울!"

투 스트라이크 스리 볼의 풀카운트에 8구까지 가는 승부를 벌였다.

그러면서 상진은 어처구니 없다는 게 어떤 건지 오랜만에 느껴 봤다.

도무지 공략할 곳이 눈에 띄지 않았다.

스트라이크존에 아슬아슬하게 걸치는 공은 커트해 내고 약간 빠진다 싶으면 가차 없이 걸러 냈다.

정말이지, 말도 안 되는 선구안이었다.

'저러니까 메이저리그에서 살아남지.'

그렇다면 다음 승부수를 띄워 볼 차례였다.

이번에 아홉 번째로 던지는 공도 통하지 않는다면 일반적인 공략법으로는 정말 방법이 없다.

조용히 숨을 들이마셨다가 내쉰 상진은 조나단이 보내는 사인에 연신 고개를 가로저었다.

그리고 어느 순간 그의 머리가 위아래로 끄덕였다.

이번에 선택한 구종은 투심.

그리고 아까 8구째 포심 패스트볼의 구속을 낮춰놓아 눈속임이 될 만한 여건도 충분히 마련해 놓았다.

하지만 밑밥까지 깔아놓고 던진 공은 힘차게 휘두른 추진수의 배트에 튕겨 나갔다.

"파울!"

카운트가 풀카운트가 되자 존에 걸치는 공도 위험하다 싶으면 바로 걸어 냈다.

제대로 콘택트을 하지는 못했어도 공에 배트를 가져다 대는 솜씨는 일품이었다.

확실하지 않은 공은 일단 커트해 내고 사구를 얻어 출루하거나, 혹은 실투를 노려 안타를 쳐 내겠다.

확실한 1번 타자로서의 마음가짐이었다.

'후우, 어쩔 수 없지.'

코인을 사용해서 능력치를 올리긴 했어도 대부분이 타격 능력치 쪽으로 들어갔다.

미리 써 놨으면 투수 쪽이 올라갔을 텐데, 하고 후회해 봤자 이미 늦었다.

지금은 지금 할 수 있는 것을 해야 했다.

[〈먹을 때는 개도 안 건드린다〉 스킬을 사용합니다.]

참 오랜만에 써 보는 스킬이었다.

하지만 오늘의 승부에서만큼은 지고 싶지 않았다.

그리고 전력을 다하는 것이 메이저리그에 먼저 진출한 선구 자에 대한 예의라고 생각했다.

그런데 추진수의 배트는 거침이 없었다.

그의 배트는 스킬을 사용해서 날아가던 공마저도 노렸다.

거침없이 휘둘러진 배트를 피하며 급격하게 휘어진 공은 포 수 미트에서도 벗어났다.

"엇!"

"낫아웃! 낫아웃!"

조나단은 자신의 미트에 맞고 굴러가는 공에 깜짝 놀라며 얼른 주워서 1루로 던졌다.

"아웃!"

간신히 1루에 발을 딛기 전에 아웃을 잡을 수 있었지만, 식 은땀을 흘릴 수밖에 없는 장면이었다.

그것도 1회에 선두 타자부터 스킬을 사용하고 나니 참 아깝 다는 생각이 들었다.

하지만 동시에 메이저리그의 벽을 직접 느껴 볼 수 있었다.

평범한 수읽기만으로는, 그리고 시스템이라고 해도 해결할 수 없는 문제였다.

시속 160킬로미터가 넘는 패스트볼이 홈런이 되고, 누구보다 예리하게 꺾이는 변화구가 걷어올려지는 게 바로 메이저리그.

야구를 생업으로 삼는 세계에서 거르고 걸러진 알짜배기들이 경쟁하는 세계.

그러면서 추락하지 않기 위해 악을 쓰고 버티는 세계.

지금 상진이 도착한 곳이 바로 그런 곳이었다.

"웰컴 투 메이저리그."

상진은 씩 웃으면서 다음 타자를 상대할 준비를 했다.

역시 이곳은 자신을 실망시키지 않았다.

*   *   *

더그아웃에 돌아온 이상진은 몸을 홱 돌리며 조나단을 노려봤다.

조나단도 지지 않고 눈을 부라리며 이상진과 대치했다.

"대체 그 공은 뭐야! 사인을 줬으면 제대로 던지라고! 이 등신아!"

"대체 그 수비는 뭐야! 공을 던졌으면 뒤로 흘리지 말라고! 머저리야!"

동시에 소리친 둘은 씩씩거리면서 서로를 향해 고함을 질렸다.

그걸 물끄러미 바라보는 데이비드 로스 감독은 한숨을 내쉬며 말리려는 선수들을 제지했다.

"왜 안 말리십니까?"

"처음에는 말렸지. 하지만 두고 보니까 그냥 냅두는 게 맞는 것 같아서 그러네."

저건 의견 교환이었다.

다소 방법과 언행이 거칠고 눈살 찌푸리게 만들 정도의 말도 가끔 튀어나왔다.

하지만 보다 보니 둘은 서로에게 소리를 지를지언정 손을 대는 일은 없었다.

붙어 있으면 늘 언성이 높아지고 서로에게 버럭대지만, 동시에 서로를 인정하고 경기에 한마음 한뜻이 되는 사이.

그것이 감독이 보는 조나단과 이상진의 관계였다.

*   *   *

경기는 무난하게 진행이 됐다.

그래도 텍사스 레인저스의 타선은 생각보다 짜임새가 있었고 이상진을 곤란하게 만들었다.

물론 스프링 트레이닝 기간이었기에 선수들이 자신감 있게 배팅을 해서 더욱 곤란한 점도 있었다.

그래도 상진은 타순이 한 번 도는 동안 1피안타만 내주고 무실점으로 막아 내는 데 성공했다.

"생각보다 괜찮은 투수야. 시즌 초 선발 5경기를 보장해 달라고 했을 때는 이게 제대로 된 옵션인가 했는데 말이지."

데이비드 로스 감독은 이상진의 투구를 보며 매우 만족스러운 표정을 지었다.

포수 출신인 그는 수없이 많은 투수를 지켜봤었다.

그중에는 구속이나 구위로 찍어 누르는 투수도 있었고, 변화구로 눈을 속이는 투수도 있었다.

물론 이상진에게도 그런 능력이 있었다.

하지만 가장 중요한 건 구속이나 구위, 변화구가 아니라 그것들을 적절히 이용해서 타자들의 타이밍을 빼앗는 심리전이었다.

"시즌 초는 걱정하지 않아도 되겠군요."

"존 레스터를 개막전에 내보내고 미스터 리를 2선발이나 3선발로 세워야겠어."

존 레스터의 3년 연속 개막전 등판은 거의 확정된 거나 다름없었다.

그 뒤를 받쳐줄 2선발이 누가 되느냐가 관건이었을 뿐.

마운드에 서 있는 이상진은 그런 사실을 몰랐다.

문제는 3회 텍사스 레인저스의 마지막 타자로 올라온 추진수 때문이었다.

자신에게 맡겨진 건 3회까지였다.

추진수만 막아 낸다면 3이닝을 온전히 끝낼 수 있었다.

공을 만지작거리면서 이상진은 눈살을 찡그렸다.

'메이저리그의 공인구는 너무 매끄러워.'

그동안 투심과 포심 위주로 투구했던 것도 이런 이유에서였다.

메이저리그 공인구는 패스트볼을 던지기에 편했고 변화구를 던지기에 어려웠다.

그래도 스프링 트레이닝 기간 계속 만지면서 다니다 보니 이제는 익숙해졌다.

오히려 이걸 이용해서 하나의 함정을 파 두기도 했다.

'오늘 내게 맡겨진 이닝의 시작과 끝이 추진수 선수라니.'

골치 아프긴 했어도 이제 슬슬 함정에 빠진 먹잇감을 낚아챌 시간이었다.

상진은 조나단의 사인에 고개를 가로젓고 자신이 원하는 구종을 골랐다.

그러자 바로 반응이 돌아왔다.

'괜찮아?'

'괜찮지.'

괜찮냐고 묻는 사인에 괜찮다는 사인을 보내며 상진은 그립을 쥐었다.

비시즌 기간이라고 해도 물러서고 싶지 않았다.

마운드와 타석에 서 있는 지금 상진은 한국 메이저리거의 선후배 관계라는 사실을 머릿속에서 지웠다.

오로지 아웃을 잡느냐, 아니면 얻어맞느냐.

이것만을 결정해야 하는 순간이다.

추진수도 그 점을 알고 있었기에 1회 때 겪어 본 이상진의 투구를 이미 분석해 놓은 후였다.

'1회에는 투심과 포심의 투피치로 상대해 왔다. 이건 공인구에 아직 적응을 하지 못했기 때문이라고 봐야겠지. 그래도 패스트볼로 스트라이크존 구석구석을 찌르는 건 일품이었지.'

3회에도 똑같이 승부해 오리라는 보장은 없었다.

하지만 1회에 살펴본 투구 패턴이 그리 쉽게 변할 거라고 생각하지도 않았다.

그때 이상진의 폼이 낮아지며 팔이 내려왔다.

'언더핸드 스로!'

전혀 생각하지도 못했던 타이밍에 언더핸드 스로로 던진 포심 패스트볼은 아래에서부터 위로 떠오르듯 날아왔다.

"스트라이크!"

잠시 움찔하며 지켜본 추진수는 이내 고개를 끄덕였다.

지금 공의 코스와 구속 등은 큰 무리가 없어 보였다.

다음에 날아오면 반드시 쳐 낼 자신이 있었다.

그렇게 생각하며 머릿속에 언더핸드로 던진 포심을 입력했다.

"파울!"

이번에는 바깥쪽에 아슬아슬하게 걸치는 투심이었다.

진수는 스트라이크존에 걸쳐서 날아오는 공을 노리고 배트를 휘둘렀다.

약간 빗맞았는지 공은 1루 쪽 파울 라인 바깥쪽으로 날아갔다.

고개를 갸웃거리면서 진수는 다시 배트를 고쳐 쥐었다.

그걸 지켜보는 상진은 글러브로 감춘 공을 계속 만지작거렸다.

'다음은 변화구다.'

1회에 투심과 포심만으로 상대한 건 일종의 덫이었다.

선발투수는 적어도 긴 이닝을 책임져 주는 게 최소한의 미덕이다.

오늘 3이닝을 버텨 내는 것만이 아닌, 지속적으로 패턴을 바꾸고 타자들이 쉽게 적응하지 못하도록 해야 했다.

검지 손가락과 가운데 손가락을 붙이며 실밥과 나란하게 그립을 쥐었다.

그리고 손목을 비틀며 던지자 공이 검지 손가락을 타고 빠져나가는 게 느껴졌다.

완벽할 정도의 슬라이더 그립.

따악!

그런데 얻어맞았다.

"젠장!"

황급히 고개를 들어 바라본 곳에는 중견수 제이슨 헤이워드가 다이빙캐치를 하고 있었다.

2루와 중견수 사이에 떨어지는 공을 미끄러지며 멋지게 잡아낸 제이슨은 일어나며 엄지손가락을 치켜세웠다.

시카고 컵스의 수비 역시 메이저리그 팀다운 수준이었다.

하지만 안타성 타구가 되어 버린 상진의 얼굴은 펴지지 않았다.

"거기에서 그걸 처맞나."

*　　　*　　　*

상진이 3회까지 피안타 하나만 맞고 무실점으로 막아 내었지만, 상대 선발투수도 상당했다.

코리 클루버는 과거 사이 영 상 수상자다운 피칭을 선보이며 컵스의 타선을 꽁꽁 묶었다.

작년에 부상 때문에, 그리고 레인저스로 트레이드되는 과정에서 너무 헐값을 받았기에 혹시나 몸 상태에 이상이 있지 않느냔 우려가 있었다.

하지만 그는 그런 우려 따위는 아무렇지도 않다는 듯 맹렬하게 팔을 휘둘렀다.

"엄청나네."

"투심, 컷 패스트볼, 커브. 이 3가지 구종이 너무 강렬해."

이 와중에 대기타석에 서 있던 상진은 그의 투구를 눈여겨보고 있었다.

메이저리그 현역 투수들 중에서 목표로 삼아야 하는 선수가 있다면 코리 클루버는 단연코 다섯 손가락 안에 들어갈 것이다.

문제는 3회 말 마지막 타자가 자신이라는 점이었다.

"어이, 중국인."

"나는 한국인이다. 왜? 인종차별이라도 하게?"

트래쉬 토크를 시도하는 레인저스의 포수 로빈슨 치리노스는 상진의 말에 움찔했다.

자신의 짐작이 맞았다는 걸 확인하고 씩 웃은 상진은 빈정거렸다.

"그렇게 마음을 읽혀서 어디 포수질을 하겠어? 자유계약으로 텍사스로 돌아왔으면 조용히 입 다물고 야구나 해라."

"어이, 이 정도로 화가 난 거야?"

"그렇게 수다스러울 시간이 있어? 투수는 열심히 사인을 기다리는 것 같은데?"

"그만. 두 선수 다 조용히 하고 시합에 집중하도록."

대화가 너무 길어진다 싶자 심판이 바로 개입해서 입을 틀어막았다.

로빈슨에게서 신경을 끈 상진은 마운드 위에서 로진을 만지작거리는 코니 클루버를 바라봤다.

어떻게 보면 자신과 매우 흡사한 유형의 투수였다.

평균 93마일(149.6킬로미터)의 투심 패스트볼과 88마일 정도 되는 컷 패스트볼을 구사하며 그 이외에도 체인지업이나 파워커브 등 다양한 변화구를 구사한다.

초구를 적극적으로 던져 스트라이크를 넣는 공격적인 피칭을 하며 투심과 커터를 존 구석구석 찌르며 삼진을 잡는다.

'적어도 현 시점에서 메이저리그에서의 내 평가는 코니 클루버의 하위 호환에 지나지 않겠지.'

그래도 능력 면에서 뒤떨어진다고 생각한 적은 한 번도 없었다.

지난 경기와 오늘을 합쳐 6이닝 동안 무실점에 피안타는 1개뿐이다.

아까 추진수가 안타성 타구를 만들어 냈던 걸 떠올린 상진은 고개를 세차게 흔들었다.

이 정도 피칭에 만족하고 싶지는 않았지만, 지금 자신은 타자의 입장이다.

타자로서의 역할에 집중해야 했다.

"스트라이크!"

투심 패스트볼이 한가운데로 치고 들어왔다.

전광판에 표시되는 구속은 92.8마일.

스트라이크존 한가운데로 들어왔다고 해도 상진이 건드릴 만한 공은 아니었다.

하지만 상진의 눈은 순간 번뜩였다.

'제구가 흐트러졌다?'

코니 클루버는 한번 제구가 잡히면 존 구석구석을 고루고루 이용하며 칼 같은 제구력을 보여 준다.

하지만 가끔 투심이 가운데로 몰리는 경우가 있다.

'보통 타격에서의 투수는 쉬어 가는 것처럼 여겨질 때가 많지. 내가 고등학교 이후로 10년간 타격을 해 본 일이 없으리란

건 저쪽도 알고 있을 터.'

망설이지 않았다.

어차피 이번에 스킬도 묻고 더블로 얻지 않았던가.

[〈손가는 대로 만든다〉 스킬을 발동합니다.]

[손가는 대로 만든다]

―레시피도 없이 대충대충 손가는 만드는 음식! 당신의 배트도 감으로 휘두르지만 언제나 공에 맞는 배트! 지금 한번 느껴 보세요! 단 어떤 맛이 나올지는 보장할 수 없습니다!

처음에는 설명을 보고 좋아했지만 나중에는 맹점을 알아낼 수 있었다.

이 스킬로는 공에 배트를 맞힐 수 있어도 파울이 될지, 아니면 아웃이 될지 알 수 없었다.

물론 헛스윙을 할 일이 없어졌다는 것만으로도 충분히 이득이었다.

하지만 그것만으로는 불만족스러웠다.

그걸 보충해 주는 게 두 번째로 나온 스킬이었다.

[엄마의 손맛]

―당신이 만든 음식이 어떤 맛일지 두려우십니까? 어머니가 만들어 준 음식은 언제나 당신의 입맛에 맞는 맛을 제공해 줄 겁니다. 언제나 허용 범위 안으로 들어가는 음식을 맛보고 싶

지 않으십니까?

시험 결과, 이 스킬을 사용하면 공은 파울라인 밖으로 벗어나지 않게 됐다. 언제나 허용 범위 안으로 굴러가는 공을 보며 두 스킬이 한 번에 온 건 운명이라고 느꼈다.

[손가는 대로 만든다] 스킬과 [엄마의 손맛] 스킬을 함께 병용한다면 무조건 공을 맞히게 되고 파울이 될 일은 없다.

땅볼이나 플라이로 아웃이 될 수도 있지만 적어도 파울이 될 확률은 없어진다.

그렇다면 이제 반반 승부다.

안타냐, 아니면 아웃이냐.

'또 투심이냐!'

물론 예상했던 대로였다.

초구로 던진 투심이 한가운데로 몰렸다. 가장 만만한 상대를 향해 제구를 다시 가다듬고 싶었을 것이다.

그리고 이미 예상했던 만큼 상진은 두 스킬을 동시에 사용하며 배트를 힘차게 휘둘렀다.

따악!

공이 손에 맞는 느낌이 드는 것과 동시에 상진은 1루를 향해 달렸다.

타구는 3루수의 바로 옆을 순식간에 지나갈 것처럼 빨랐다.

쉽게 잡기 힘든 타구라고 생각하며 전력 질주를 하던 상진은 갑자기 1루수의 글러브에 팡 하고 공이 꽂히는 걸 발견하고 깜짝 놀랐다.

3루수 아이재아 키너—팔레파의 송구가 번개처럼 날아왔던 것이었다.

"젠장. 메이저리그 너무한데? 그 타구를 그 상태에서 잡아서 던져?"

메이저리그의 수비.

상진은 한국 야구보다 훨씬 높은 수비에 감탄하면서 머릿속에 그려 놓던 이미지를 수정했다.

"헤이, 나름 봐 줄 만해졌는데?"

"타격이?"

"네 타격은 아직도 춤추는 정도인데 뭘 봐줘? 당연히 투구지. 그래도 변화구가 좀 애매한 게 릴리스 포인트가 너무 높은 것 같다. 조금만 더 앞으로 당겨내는 게 어때?"

그 말에 상진은 움찔하며 놀랐다.

얼마 전부터 그 점이 신경 쓰여서 의도적으로 공을 놓는 릴리스 포인트를 조정하고 있었다.

'메이저리그에서 다년간 뛴 포수는 역시 다르다는 건가.'

조나단이 말은 가볍고 도발적으로 해도, 진지하게 훈련과 경기에 임하기 시작하자 툭툭 던지는 조언은 무척이나 도움이 됐다.

물론 상진은 씩 웃으며 장난조로 대꾸했다.

"그러기 전에 타격 폼이나 올리는 게 어때? 3경기 동안 무안타라면서?"

"나 정도 천재는 정규 시즌 들어가면 칠 테니 걱정하지 마시지?"

가슴을 치면서 자신만만하게 대꾸하는 조나단을 보며 상진은 씩 웃고 데이터를 살펴보기 시작했다.

시즌 시작까지 앞으로 20여 일.

아직도 공부해야 할 것이 많았다.

＊　　　　＊　　　　＊

「추진수와 이상진의 맞대결, 이상진의 판정승」
「메이저리그 선배 앞에서 한 수 선보인 이상진」
「추진수, 스프링 캠프에서부터 부진한 모습 보여」

두 메이저리거의 맞대결은 한국에 있는 모두의 이목이 쏠렸다.

서로 선발로 나왔다가 몇 이닝 소화하지 않고 교체됐지만, 두 타석이나 서로 마주했다는 사실에 팬들은 들끓었다.

―역시 이상진이야! 낫아웃이면 삼진이잖아!
―그래도 추진수랑 9구까지 갈 정도였잖냐? 추진수도 퇴물은 아니던데?
　ㄴ그 정도면 퇴물이지
　ㄴ개소리하고 있네

—미국에서도 파이팅이다!

하지만 영호는 한국 뉴스를 보며 그런 반응과 별도로 아무 말도 없이 묵묵히 먹고만 있었다.

오히려 시끄러운 건 상진 쪽이었다.

"빌어먹을! 내가 이렇게 던졌을 리 없어!"

"시끄러워. 민폐니까 그러려면 숙소로 돌아가."

"거기에서는 맘 편하게 영상을 돌려 볼 수 없잖아요."

오늘 영호가 촬영한 경기 영상을 돌려 보면서 상진은 연신 분통을 터뜨렸다.

아웃이 되긴 했어도 추진수에게 통타당한 게 분했다.

자신의 숙소를 침범당한 영호는 불만스러운 얼굴이었다.

"그러니까 그게 왜 불만이냐고?"

"삼진이 아니라 얻어맞았잖아요."

"이런 젠장. 아웃됐잖냐? 그러고도 불만이야?"

"호수비가 아니었으면 영락없는 안타였어요."

안타성 타구가 제이슨의 도움으로 아웃이 됐다.

하지만 만약 다이빙 캐치가 실패했다면 안타가 됐으리란 느낌은 분명히 있었다.

"땅볼을 유도했다면 또 모르지만 안타나 다름없었다고요."

"젠장. 그래도 아웃이잖냐. 네가 지기 싫어하는 건 잘 알지만, 지금 그건 억지야."

"억지라고 해도 상관없어요. 다음에는 꼭 삼진으로 잡아내고 말 테니까."

이를 바득바득 갈면서 바비큐를 뜯고 있는 상진을 보며 영
호는 웃음을 터뜨렸다.

메이저리그의 그 누가 되더라도 저 녀석의 경쟁심은 따라갈
수 없을 것 같았다.

"그래서 어쩌려고?"

"조나단하고 이야기해 봤지만 패턴을 바꿀 수밖에 없어요.
릴리스 포인트도 조정할 거고 아직 변화구가 밋밋하니까 조금
더 가다듬어야죠."

메이저리그 공인구에 적응을 많이 했다고 생각했는데 아직
멀었다.

영호가 옆에서 바라보는 상진의 입가에는 미소가 떠올라 있
었다.

끝없는 향상심은 언제나 눈에 불을 켜고 단점을 찾는다.

지금 상진에게 자신의 단점을 발견한다는 건 아직도 발전하
고 보완할 점을 찾아 그것을 고칠 수 있다는 향상심으로 이어
졌다.

"하여튼 다음에 만난다면 반드시 제대로 승부를 내겠어요.
오늘 타구처럼 어정쩡하게 말고 확실하게."

아마도 추진수 쪽도 그렇게 생각하며 눈에 불을 켜고 있지
않을까 싶었다.

영호는 이렇게 이야기하다가 문득 깨달은 사실에 웃음을 터
뜨렸다.

"왜 웃어요?"

"아니야, 아니야. 그런데 그거 아냐?"

"뭘요? 갑자기 밑도 끝도 없이 그러면 뭔지 몰라요."

영호는 씩 웃으며 들고 있던 일정표를 던져 주었다.

일정표를 받아 든 상진은 어리둥절한 표정을 지으며 대체 이게 뭐냐는 눈빛으로 되물었다.

"컵스는 올해 텍사스 레인저스하고는 스프링 트레이닝에서 하는 경기 말고는 정규 시즌에서 맞붙는 경기가 없어."

"이런!"

상진은 절규했다.

그 모습을 보면서 영호는 웃음을 터뜨렸다.

"왜? 추진수하고 또 못 붙는 게 아쉬워?"

"그것도 그건데, 아이재아 키너—팔레파. 이 선수한테도 갚아 줄 게 있거든요."

"너는 참 사서 빚을 만들어 놓는다. 그 정도 수준의 수비라면 앞으로도 수도 없이 볼 텐데?"

"그렇긴 하죠. 하지만 그건 그거고 이건 이거예요."

이번 시즌에 삼진으로 갚아 주려고 했는데 힘들어지게 됐다.

상진은 이를 벅벅 갈면서 손에 들고 있는 공을 던졌다 잡는 걸 반복하며 다시 분통을 터뜨렸다.

*　　　　*　　　　*

애리조나와 플로리다에서 열리는 스프링 트레이닝 기간에는 한국 기자들이 몰려들었다.

그것도 전례가 없을 정도였다.

사무실에 앉아서 스포츠 기사를 양산하는 몇몇 기자들이 있긴 했어도 대다수는 취재를 위해 미국까지 달려왔다.

그 중심에는 이상진이 있었다.

"스프링 트레이닝 기간에 무실점을 기록하고 계십니다. 적응에 문제는 없으신 것 같은데 어떠신가요?"

"미국 생활에 도움을 주신 분들이 많아서 쉽게 적응할 수 있었습니다. 작년에 계약한 매니저와 시카고 컵스의 구단 관계자 분들이 도움을 주셨죠."

토론토 블루제이스로 이적한 유형진과 한 팀에서 한솥밥을 먹었던 적이 있는 후배라는 점도 주목을 받는 이유였다.

하지만 가장 큰 이유는 작년에 보여 주었던 무적의 위용 때문이었다.

미국에서도 똑같이 무실점 행진을 벌이고 있으니 메이저리그에서 어떤 성적을 낼지 기대되는 건 당연했다.

그리고 기자들은 그런 팬들의 기대를 고스란히 반영한 질문을 던지고 있었다.

"이번에도 상당히 많은 옵션을 걸었다고 들었습니다. 평균자책점을 비롯해서 이런저런 수치에 전부 합쳐서 천만 달러나 되는 금액이 걸렸는데, 사실입니까?"

"사실 공개되지 않은 내용들도 있습니다. 그리고 평균 자책점이라고 했는데 아까 드린 보도 자료에도 나와 있겠지만, 부가적으로 WHIP이나 FIP 같은 수치들도 병행 적용해서 평가하게 되어 있습니다."

WHIP(투구 이닝당 안타와 볼넷의 허용율)과 FIP(수비 무관 투구)는 세이버 매트릭스에서 쓰이는 개념이었다.

이제는 한국에서도 자주 쓰이지만 미국에서는 이런 것까지 옵션에 넣을 정도였다.

구단에서는 머니볼의 발전으로 많이 쓰지만 선수들은 이런 것까지 옵션에 넣는다면 너무 복잡해지므로 꺼려했다.

하지만 상진은 그런 것 따윈 상관없었다.

"놀라운데요? 그러면 다른 세이버 매트릭스의 수치까지도 옵션에 포함되는 겁니까?"

"그건 비공개라서 확실하게 말하기는 어렵겠네요. 어쨌든 이번 시즌에도 저는 성적을 내는 만큼 돈을 받는다고 말씀드릴 수 있습니다. 제 식비 정도는 감당할 만한 금액입니다."

기자들 사이에서 웃음이 터져 나왔다.

이상진이 엄청나게 먹어 대서 충청 호크스에서도 골머리를 앓았다는 사실은 이제 쉬쉬할 일도 아니었다.

그걸 유머러스하게 풀어내는 이상진의 센스에 인터뷰 분위기는 화기애애했다.

'마이크를 들이대면 가끔 미친다더니 오늘은 조용하네.'

기자들은 작년에 방송 사고가 몇 번이 터졌는지 떠올려 보며 쓴웃음을 지었다.

물론 안 좋은 내용으로 진절머리를 친 건 아니었다.

경기 후에 진행한 인터뷰는 좋은 의미로든 나쁜 의미로든 화젯거리가 됐다.

그건 바로 기자들에게는 조회 수와 직결되니 좋지 않을 수가 없다.

"그런데 이번에 이상진 선수 덕분에 한국 FA 풍경이 바뀌었다는데, 어떻게 생각하십니까?"

갑자기 혹 치고 들어오는 질문이 있었다.

그 질문에 이번에는 상진이 쓴웃음을 짓고 말았다.

이번에 한국에서 열린 FA 시장에서 구단들과 선수들 사이에서 엄청난 갈등이 있었다.

하지만 칼자루를 쥔 건 구단 입장이었기에, 반쯤은 울며 겨자 먹기식의 계약이 있었다.

"상당한 옵션들이 걸렸다고 들었습니다. 맞나요?"

"예. 이상진 선수의 본을 받아서 투수라면 평균 자책점이나 소화이닝 같은 게 옵션으로 걸리고, 타자라면 타율과 출루율, 그리고 득점이나 타점이 옵션으로 들어갔다고 하더군요."

온갖 기록들이 하나의 옵션으로 계약서에 포함이 됐다.

어떻게 보면 기자의 질문대로 이상진이 그걸 바꿔놓은 거나 다름없었다.

전부 달성하면 엄청난 금액을 손에 쥘 수 있지만, 그걸 달성하기에는 불가능해 보였던 계약.

그런데 이상진은 그것들을 거의 다 달성하며 30억에 가까운 돈을 단 1년 만에 거머쥐었다.

"제 다음으로 계약을 맺게 된 후배들에게는 미안한 마음도 있습니다. 구단에 10년 넘게 봉사했음에도 푼돈을 쥔 선수들이 있는 것도 알고 있습니다. 하지만 스포츠 선수라면 모름지기 자신의 성적으로 말해야 합니다."

그렇기에 자신은 10년간 봉사했던 것에 대한 보답은 바라지 않았다.

계약금도 바라지 않았고 그저 그동안 받았던 연봉 정도와 엄청난 옵션이 걸린 계약을 원했을 뿐이었다.

그건 자기 자신에게 하나의 목표가 되었고 자극제가 되었다.

"여담이긴 하지만 저는 계약서를 액자에 박아서 벽에 걸어 놓기도 했었습니다. 그건 매일매일 자극이 되었죠. 성적을 내지 못하면 도태된다. 죽을힘을 다해서 싸워야 한다고 생각했습니다. 저는 제가 납득할 만큼의 성적을 내지 못하게 됐을 때, 은퇴할 생각입니다."

기자들은 웅성거리면서도 그 말을 제대로 녹음했다.

한국의 자유 이적 시장 풍경을 바꿔 버린 장본인의 말이다.

게다가 하나하나가 촌철살인과도 같았다.

그때 어눌한 억양의 한국말이 들려왔다.

"그런데 올림픽 출전은 어떻게 되나요?"

그곳에 모여 있던 모든 사람의 눈이 그에게로 쏠렸다.

상진은 어색한 한국말에 고개를 갸웃거렸다.

잘 아는 기자들을 둘러보자 그들도 고개를 가로저었다.

그때 김명훈 기자가 그가 누구인지 알아보고 슬며시 다가왔다.

"일본에서 온 기자예요."

그 말에 상진은 다시 쓴웃음을 지었다.

일본 기자가 어째서 저런 질문을 했는지, 그 의도를 바로 알아챌 수 있었다.

사실 상진의 올림픽 출전 허가에 대한 옵션은 아직 논의 중이었다.

메이저리그 사무국과의 협상도 있었고 시카고 컵스의 상황이 어떻게 되느냐에 따라서 유동적으로 변할 수도 있었다.

게다가 그 옵션은 비공개 옵션이었다.

그래서 상진은 오히려 정면으로 밀고 나갔다.

"그러면 반대로 질문 하나 해도 될까요?"

"말씀하시죠."

"제가 올림픽에 출전했으면 좋겠습니까? 아니면 출전하지 않았으면 좋겠습니까?"

그 질문에 일본인 기자는 당황한 표정을 지었다.

설욕을 하기 위해서는 이상진이 출전해 주는 게 가장 좋았다.

그런데 그는 작년 프리미어 12 대회에서 이상진의 실력을 목격한 사람 중 하나였다.

작년만큼의 실력을 보여 준다면 일본 대표 팀으로서는 꼼짝

없이 올림픽 금메달을 내줘야 했다.

"그, 글쎄요?"

"제가 출전하지 않든, 출전하든지 저는 국가 대표 팀의 동료들을 믿고 있습니다. 그들이 최선을 다한다면 금메달을 얼마든지 따낼 수 있는 역량이 있죠."

그 말에 일본인 기자는 기묘한 표정을 지었다.

지금 상진의 말은 자신의 출전 여부에 대해서는 이야기하지 않음과 동시에 국가 대표 팀에 대한 자신감을 드러냈다.

그 말은 반대로 일본은 도쿄 올림픽에서 금메달을 따내지 못할 거라는 말과 같았다.

"그렇다면 출전하신다는 말씀인가요? 출전하지 않는다는 말씀인가요?"

상진은 그 기자를 똑바로 바라봤다.

이를 드러내며 웃는 상진의 얼굴은 마치 적의를 드러내는 호랑이와 같았다.

"다른 건 몰라도 제가 출전한다면 한국의 우승은 확정적일 겁니다."

기자들에게 있어서 상진은 최고의 기삿거리였다.

또다시 터진 말에 기자들은 바쁘게 기사를 쓰기 시작했다.

일본인 기자만이 벌게진 얼굴을 일그러뜨리지 않기 위해 애쓸 뿐이었다.

*　　　　*　　　　*

시카고 컵스.

팬들이야 언제나 한결같이 팀을 응원하며 열광적인 성원을 보내지만, 구단 상황은 생각보다 여의치 않았다.

2018년 가정 폭력으로 선수 생활이 정지됐던 에디슨 러셀은 2019년에 부진한 성적과 부상으로 허덕이다가 논텐더로 방출됐다.

게다가 이혼 소송으로 한동안 방황했던 벤 조브리스트와의 FA 계약도 지지부진한 상태.

2019년은 정말 다사다난했던 한해였다.

"전력 보강은 더 가능합니까?"

"엡스타인 사장의 방침은 사치세를 줄이면서 동시에 최적화된 선수단을 꾸리는 겁니다."

"일단 샐러리캡을 어느 정도 맞춰 놓고 있으니 추가적인 보강이 있었으면 좋겠습니다."

데이비드 로스 감독과 제드 호이어 단장은 머리를 맞대고 고민 중이었다.

특히 데이비드 로스 감독의 머릿속은 복잡하기만 했다.

자신이 은퇴하기 직전 우승했던 전력을 비교해 봤을 때, 고작 3~4년 만에 온갖 문제들이 다 터져 나왔다.

2019년에 사치세를 760만 달러나 내야 하는 구단의 입장까지 돌아본다면 총체적 난국이었다.

"그래도 다행스러운 건 선발진이군요."

작년 마지막 14경기에서 평균 자책점 2.95를 기록한 다르빗슈가 옵트아웃을 행사하지 않고 팀에 남았다.

그리고 존 레스터와 호세 퀸타나가 계약 마지막 시즌이 됐다.

그들 역시 좋은 성적을 내야 다음 자유계약 때 좋은 대우를 받을 수 있으니 기대해도 좋았다.

"미스터 리의 합류가 컸습니다."

스프링 트레이닝 기간 동안 3이닝씩 3회 등판을 했다.

몸 상태도 매우 괜찮았지만 심각한 부상 경력이 있었기에 무척이나 걱정했었다.

"설마하니 그의 몸 상태가 그렇게 좋을 줄은 상상도 못 했습니다."

"놀라웠죠. 어깨와 고관절에 팔꿈치까지 수술한 선수라면, 진작 은퇴를 생각해도 무방했을 겁니다."

염려했던 것과 달리 구단에서 실시한 정밀 검사에서도 놀라울 정도로 좋은 결과가 나왔다.

부상이 있었던 부위에 대해 검진한 결과 미세한 흔적만이 남아 있었고, 경기에는 아무런 지장이 없을 정도였다.

처음 결과를 받아 봤을 때 믿을 수 없어서 재차 해 본 검사였지만 오히려 믿음직스러워졌다.

"경기 결과도 좋습니다."

"저도 이야기는 들었습니다, 로스 감독. 컨디션은 좀 어떻답니까?"

"70퍼센트 정도 올라왔다고 합니다. 레스터, 다르빗슈, 퀸타나, 그리고 이상진으로 4선발까지 하고 카일 헨드릭스나 타일러 챗우드로 나머지 선발 라인업을 돌리면 될 것 같습니다."

요즘은 괜찮은 선발투수의 가격이 천정부지로 치솟는 시대가 됐다.

그런 면에서 이상진과 같은 좋은 투수를 얻었다는 사실은 무척이나 든든하게 여겨졌다.

"다르빗슈 유에 대한 트레이드는 어떻게 됐습니까?"

"거절했습니다. 선수가 트레이드 거부권도 있는 데다가 저쪽에서 제시한 조건이 마음에 들지 않았습니다."

선발투수에 대한 필요가 상당히 늘어난 덕분에, 말도 안 되는 문의도 종종 들어오는 편이었다.

게다가 스프링 트레이닝 기간에 이상진이 보여 준 모습에 관심을 갖는 구단들도 있었다.

"놀라운 투수입니다. 한국에서 왔다는 화제성도 화제성이지만, 어제 추진수와 맞대결하며 보여 주었던 완급 조절은 일품이었죠."

"코리 클루버하고도 좋은 맞대결이었죠. 우리 타선은 실망스러웠지만 레인저스의 타선을 틀어막는 이상진의 솜씨는 정말 멋졌습니다."

다른 코치들도 이상진의 훈련 태도에 매우 만족스러워하고 있었다.

선수단 중에 가장 먼저 훈련장에 나와서 꼼꼼하게 몸 상태를 점검하고 훈련에 임했다.

그러면서도 코치들에게 조언을 얻는 걸 게을리하지 않았고 몸에 무리가 가지 않는 선에서 꾸준히 몸을 만들었다.

그러고도 70퍼센트의 몸 상태라고 말하니 오히려 감탄할 수밖에 없었다.

"올해에는 다시 우승을 차지해 보도록 합시다."

시카고 컵스의 2020년 목표는 우승.

모두 그것을 위해 바쁘게 움직이기 시작했다.

　　　　　　　*　　　　　　*　　　　　　*

3월 27일에 상진이 도착한 곳은 시카고 컵스의 홈 구장인 리글리 필드가 아닌, 밀워키 브루어스의 홈 구장인 밀러 파크였다.

개막전을 홈에서 시작하지 못했어도 상진은 나름대로 즐거워하고 있었다.

원정 3연전 후에 시작되는 홈 경기.

존 레스터, 다르빗슈유, 호세 퀸타나에 이어서 4번째 선발투수로 등판이 예정된 상진은 시카고 컵스의 홈 개막전에 등판하게 된다.

"이제 시작이야."

3월 27일.

꿈에 그리던 메이저리그 개막전이 시작됐다.

「유형진, 보스턴 레드삭스와의 개막전에서 선발 등판, 7이닝 무실점 호투」

「토론토에 적응 문제없는 유형진, 올해도 사이 영 상 정조준하나」

「프로그레시브 필드에 등판한 김강현, 6이닝 2실점으로 기대 부응」

「추진수, 개막전부터 3경기 연속 안타 행진」

메이저리그가 개막하자마자 한국에서 진출한 선수들의 활약상이 주목받기 시작했다.

제각기 활약을 펼치며 출발을 시작했지만, 가장 늦은 건 상진이었다.

"헤이, 등판하지 못해서 화난 건 아니지?"

"화가 나긴. 어차피 내일 등판할 건데."

벤치프레스에서 내려오면서 상진은 가볍게 스트레칭을 했다.

엊그제 한 불펜 피칭에서 점검한 결과, 몸 상태는 완벽했다.

구속도 구위도 변화구까지 전부 한국에서의 위력 그 이상을 기록했다.

"원래 주인공은 마지막에 등장하는 법이잖아?"

"주인공 같은 소리 한다. 하기야 주인공이 될 수도 있지. 0이닝 동안 피안타 10개쯤 맞아 보는 건 어때?"

"개소리도 적당히 하자, 조나단."

"넌 메이저리그의 무서움을 아직 몰라."

조나단 루크로이는 조용히 경고했다.

"스프링 트레이닝 기간 동안에 겪은 건 아무것도 아니야. 그 때는 메이저리그의 선수들도 여유를 가지고 컨디션을 끌어 올릴 시간이니까. 하지만 지금은 전력을 다해서 부딪쳐 올 거야."

"이봐, 조나단. 내가 그것도 모르는 애송이일 것 같아?"

"그런 것처럼 보이니까 그렇지."

야구 선수들은 누구나 마찬가지로 자신감을 가지고 경기에 임한다.

하지만 자신감을 가지는 것과 자만하는 건 다른 법이다.

조나단의 눈에는 상진이 메이저리그를 너무 여유롭고 만만 하게 여기는 것처럼 보였다.

"스프링 트레이닝 기간 동안 시범 경기이긴 해도 만만한 선 수는 거의 없었어. 심지어 마이너리거나 캠프에 초대로 합류한 선수까지 전부. 나는 내가 메이저리그에서 충분히 해낼 수 있 다고 생각하지만, 상대를 얕보진 않아."

오랜 재활 기간 동안에 들여 놓은 버릇이기도 했다.

자신보다 약한 타자는 없다.

대신에 약점을 가지고 있는 타자는 존재한다.

그렇기에 상대의 약점을 파고들며 타이밍을 빼앗는 투구를 하려고 노력해 왔다.

"그렇게 말하면서 털리는 놈들을 수도 없이 봐 와서 그렇다, 애송아."

"그래서 어쩌라고?"

"어쩌긴 어째. 털려야지. 털리면서 배우는 거다."

"내가 털릴 것 같냐? 내기라도 할래?"

"내기? 헹, 괜히 걸었다가 털리려고 그러시나? 그러다가 괜히 울지 말고 관둬라."

조나단은 이죽거리면서 슬그머니 넘어가려고 했다.

하지만 이미 말은 나왔고 상진은 그것을 물어 버렸다.

그리고 결코 놓아줄 생각 따윈 없었다.

"왜? 쫄리냐? 포수 하면서 쭈구려 앉아 있다 보니 불알을 어디에 떨어뜨리고 왔어? 남자도 아니네."

"쫄려? 누가 쫄려? 어디 해보자. 네가 던지는 게 야구공이 아니라 네 불알로 바꿔 주마."

욱하는 성격인 조나단은 남자도 아니라는 상진의 도발에 바로 넘어왔다.

단 한마디에 펄펄 뛰면서 얼굴이 벌게지는 그를 보며 상진은 속으로 웃었다.

'참 단순한 사람이라니까.'

*   *   *

상진에게 있어서 상대 타선에 대한 분석은 언제나 철저해야 했다.

타자들의 성향부터 좋아하거나 싫어하는 코스와 구종 등을 전부 머릿속에 기억해 두려고 노력했다.

그리고 피츠버그 파이리츠의 타선은 모르려고 해도 모를 수 없었다.

왜냐하면 바로 작년까지 한국에서 진출한 메이저리거 강성호가 있었던 팀이어서였다.

'작년에 69승 93패로 지구에서도 꼴찌를 기록했었던 팀. 게다가 감독과 단장이 작년에 모두 해임되면서 아직도 팀의 재정비가 끝나지 않았지.'

어떻게 보면 투수진이나 타선 전부 상진이 몸담았던 충청 호크스와 크게 다르지 않았다.

게다가 시카고 컵스와의 작년 전적은 8승 11패로 열세였다.

물론 구단 사이에 트레이드가 활발하게 이루어지고 마이너리그에서 콜업되는 선수들도 몇 번씩 있어서 꼭 작년의 열세가 올해도 이어지리란 법은 없었다.

'그런데 무척 부담되긴 하네.'

올해 리글리 필드에서 처음으로 등판하는 게 바로 자신이었다.

놀랍게도 홈 개막전을 맡는 건 한국에서도 해 본 적이 없었다.

재작년까지는 불펜을 주로 맡았었고 부상당하기 전 선발로 로테이션을 돌았을 때는 유형진과 더불어 많은 선발 후보들과 경쟁을 해야 했었다.

즉, 홈 개막전에 등판하는 건 이번이 처음이었다.

"이봐 이봐, 미스터 리. 우리 미스터리한 미스터 리."

"말장난하지 마."

"어차피 팬들은 우리가 잘하면 환호하고, 못하면 욕을 해. 그건 아마 인류가 살아 있는 한 변함없는 진리일 거야."

조나단은 빈정거리듯 웃으면서 등을 탁 쳤다.

"그러니 우리는 야구나 하자고."

등짝에 얼얼한 느낌을 받으면서 상진은 앞서가는 조나단의 등을 바라봤다.

잠시 잊고 있었지만 자신도 한국에서 비슷한 말을 했었다.

지금 자신은 아무것도 손해 볼 것이 없는 입장이다.

계약도 싸고 기대받기는 해도 부담될 정도의 기대는 아니었다.

'그래. 나는 도전자의 입장이었지.'

그저 자신이 납득할 만한 야구를 하고 성적을 내면 그만이다.

조나단의 격려에 그때를 떠올리며 메이저리그에서의, 리글리 필드의 개막전을 맡게 됐다는 부담감에서 조금이나마 벗어날 수 있었다.

물론 방금 전에 했던 행동이 용서된 건 아니었다.

"Shit! Fucking!"

상진은 온 힘을 다해 조나단의 등에 풀스윙을 꽂아 넣었다.

*　　　　*　　　　*

1914년에 개장했으며 컵스가 사용한 건 1926년부터인 역사 깊은 구장.

그곳이 바로 현재 시카고 컵스가 홈으로 사용하는 구장인 리글리 필드였다.

"젠장맞을. 오늘 또 낮 경기네."

크리스 브라이언트는 불평하면서 더그아웃에 털썩 주저앉았다.

그의 말대로 시카고 컵스의 홈경기 대부분은 낮 경기로 편성이 됐다.

이것의 발단은, 제2차세계대전으로 거슬러 올라간다.

일본의 진주만 공습이 벌어지자, 당시 구단주였던 윌리엄 리글리가 구장의 조명탑을 기증해 버린 것이다.

그런데 추가적으로 조명탑을 설치하지 않아 야간 경기가 불가능해진 데다가, 야구는 해가 떠 있을 때 하는 게 맞다는 구단주의 주장 때문에 낮 경기가 전통이 되어 버렸다.

하지만 나중에 조명탑을 설치하긴 했어도, 낮 경기로 편성되는 건 변함이 없었다.

"조명탑이 있는데도 왜 낮 경기인 거지?"

"그거야 밤에 경기하면 주위 주민들이 민원을 넣기 때문이지."

1988년 조명탑이 설치된 이후에도 낮 경기가 유지된 이유는 바로 주위가 주택가라는 점이었다.

한국처럼 무승부 제도가 없는 미국은 끝장 승부를 보기 마련이고, 연장전이 15회 이상 늘어지는 것도 비일비재했다.

그러다 보니 리글리 필드에서 야간 경기가 길어지면 주위가 주택가인 만큼 주민들의 불만도 어마어마했다.

"낮인데도 사람이 어마어마하게 많네."

언뜻 둘러보기만 했는데도 4만 석이 넘는 관중석이 꽉 차 보였다.

홈 개막전이라고 해도 오늘은 월요일이다.

대체 저 사람들은 회사나 가게를 어떻게 운영하려고 여기에 왔나 싶을 정도였다.

"원래 저 정도로 많아. 설마 관중 수에 놀란 건 아니지?"

"그럴 리가 없지. 밀러 파크에서도 이 정도의 관중을 봤었잖아? 내가 놀란 건 평일인데도 변함없이 많아서 그런 거지."

주말 경기에 비해서 주중 경기의 관중 수는 확 줄어들기 마련이다.

하지만 시카고 컵스의 팬들은 그런 것 따위 아랑곳하지 않는다는 듯 엄청난 인파가 홈 개막전을 보러 경기장을 찾아왔다.

조나단은 물론 다른 선수들 역시 엄지손가락을 치켜세웠다.

"저게 우리 컵스의 팬들이지."

"팀에 대한 열정이라면 메이저리그에서 두 번째 가라면 서러워할걸?"

상진은 이를 드러내며 씩 웃었다.

동료들이 호들갑스럽게 떠들어 대는 건 자신의 긴장감을 풀어 주기 위한 배려였다.

자신이 한국에서 후배들에게 해 주던 배려를 역으로 받게 되니 기분이 묘했다.

'그렇다면 기대에 부응해 주는 게 인지상정이겠지.'

기대해 주는 팬과 격려해 주는 동료들.

그들의 기대에 부응해 줄 자신이 있었다.

"그럼 가볼까."

*   *   *

"플레이볼!"

경기 개시 신호와 함께 상진은 숨을 가다듬으며 1번 타자로 나온 애덤 프레이저를 노려봤다.

작년 골드 글러브 결선까지 진출할 정도로 좋은 수비를 보여 줬으며, 타격면에서도 2할 7푼 8리의 타율에 10홈런을 기록한 준수한 타자였다.

조나단과 사인을 주고받은 상진은 시스템 메시지를 보면서 피식 웃었다.

[식사 시간이 되었습니다.]

[상대방의 포식 포인트가 표시됩니다.]

[타자의 포인트는 107입니다.]

한국에서는 보기 어려웠던 포인트 100 이상의 선수들이 이곳에서는 미친 듯이 널려 있었다.

시스템의 상한선이 대폭 올라간 점이 불만스럽기는 했다.

그래도 시범 경기 때부터 선수들의 포인트를 보고 나니 이쯤은 여유롭기까지 했다.

"스트라이크!"

아담 프레이저는 눈을 끔벅거리며 방금 전 스트라이크존을 지나간 공의 궤적을 다시 돌아봤다.

전광판에 표시된 구속은 98마일(157킬로미터)였다.

그는 어처구니없는 구속에 인상을 찌푸리며 배트를 고쳐 쥐었다.

'스카우팅 리포트보다 포심의 구속이 조금 더 높다. 그렇다면 다른 구종들도 더 좋아졌을 수도 있겠어.'

예상보다 훨씬 빠른 구속이었다.

아담 프레이저는 신중하게 다음 공을 노렸다.

그는 1번 타자였고 최대한 선발투수의 컨디션을 살피고 끈질기게 버틸 의무가 있었다.

하지만 스트라이크존 안으로 날아오는, 두 번째 포심 패스트볼까지 지나칠 수는 없었다.

"파울!"

"젠장."

배트에 공을 맞히고 1루를 향해 달려 나가던 그는 다시 타석으로 돌아왔다.

공이 생각보다 빠른 것도 문제였지만, 조금 전은 구속 때문이 아니었다.

타이밍은 거의 완벽할 정도였지만 구위에 밀려 버렸다.

아담 프레이저는 자신이 파워에서 밀려나 본 적이 언제였는지 기억해 보려다가 콧잔등을 쓱 훔쳤다.

'뭐가 유형진에 비하면 하위 호환이라는 거냐. 저 정도 구위라면 메이저에서도 수위권이야!'

3구째도 역시 포심 패스트볼이었다.

다만 아까와 다르게 아래쪽이 아니라 몸 쪽 높은 곳에 날아왔다.

낮은 공에 눈이 익었던 아담은 깜짝 놀라며 몸을 비틀어 배트를 대려고 했다.

하지만 공은 이미 스트라이크존 안으로 파고든 이후였다.

"스트라이크! 아웃!"

[타자 포인트 107을 포식하였습니다.]

첫 타자부터 가볍게 삼진을 잡아낸 상진은 주먹을 쥐고 머리 위로 들어 보였다.

그와 동시에 시카고 컵스의 팬들이 우레와 같은 함성을 질러 댔다.

"어이, 아담. 실수한 거야?"

대기 타석에서 교대하듯 교차한 스탈링 마르테가 농담조로 말을 건네다가 흠칫 놀랐다.

아담 프레이저의 표정은 무서울 정도로 굳어 있었다.

"왜 그래? 내 말이 불쾌했어?"

"아냐. 그런 건 아니야."

프레이저는 고개를 돌려 마운드 위에 있는 상진을 물끄러미 바라봤다.

"분석 자료가 잘못됐어. 생각보다 더 좋은 투수야."

"흥, 그거야 해보지 않으면 모르는 거지."

"얕보지 않는 게 좋을 거다. 난 분명히 충고했어."

하지만 스탈링 마르테도 크게 다르지 않았다.

이상진의 초구는 높게 형성된 포심 패스트볼이었다.

'나한테도 포심을?'

삼진을 많이 당하는 스타일이긴 해도 딱히 이 정도로 무시 당해 본 기억은 없었다.

하물며 아담에 이어서 자신에게도 포심으로 승부를 보려고 할 줄은 몰랐다.

스탈링은 이를 벅벅 갈면서 마운드 위의 투수를 노려봤다.

그 시선을 정면으로 받으면서 상진은 속으로 미소를 지었다.

시범 경기 때부터 맞춰 왔지만, 조나단과의 호흡은 무서울 정도로 잘 맞았다.

게다가 그는 자신이 경기를 운영하는 방식을 노련하게 파악 해 주어 적절한 사인을 보내왔다.

'다음 공은 뭐로 하고 싶어? 또 포심? 체인지업은 어때?'

이번에도 마찬가지였다.

조나단은 체인지업을 던질 것을 요구해 왔다.

벌써 4구째 포심 패스트볼을 던져 댔으니 상진이 자신 있어하는 구종이 포심이라고 생각할 터.

게다가 시범 경기에서도 자신은 포심을 이용한 구속 조절을 이용하기만 했었다.

사이드암 스로로 던진 공도 추진수에게만이었다.

"스트라이크!"

체인지업은 연습할 때 말고는 단 한 번도 경기에서 보여 준 적이 없었기에 효과적이었다.

처음, 이걸 공개하지 말자는 건 조나단의 의견이었다.

나중에 공개가 된다고 하더라도 무기는 감춰두는 것이 낫다는 게 그의 지론이었다.

한국에서도 시즌 후반이 되면서 체인지업의 구사 비율이 낮아졌기도 했고 무엇보다 1년뿐인 활약이라 데이터도 부족했다.

"스트라이크! 아웃!"

마지막 공은 커브였다.

아웃사이드로 휘어지며 뚝 떨어지는 공에 스탈링의 배트는 허공을 갈랐다.

"으아아아! 빌어먹을!"

무서울 정도로 떨어지는 공을 잡아 내면서 조나단은 스탈링의 짜증스러운 외침을 듣고 미소를 지었다.

자신이 만나 봤던 투수들 중에 이렇게 성향이 잘 맞는 투수는 처음이었다.

동시에 자신의 조언을 가장 잘 받아들여 준 투수이기도 했다.

마이너리거라고 해도 자신의 폼이나 구종에 대해서 참견을 해 온다면 격한 반응을 보이기 일쑤였다.

하지만 이상진은 진지하게 그 이야기를 들어주고 토론까지 할 정도였다.

물론 그 과정에서 좀 격한 단어가 오가기는 했어도, 이상진은 자신의 의견을 결코 무시하지 않았다.

'아까의 체인지업도 그랬지. 내 조언을 듣고 그립을 조금 바꿔 쥐니 낙차가 더 커졌어.'

체인지업은 패스트볼과 구분하기 어렵도록 파생된 구종이었다.

상진은 구속이 느렸던 적이 있던 만큼 변화구의 구사력에서만큼은 누구에게도 뒤지지 않았다.

다만 패스트볼의 위력이 낮았고 부상의 여파가 남아 있었기에 국내 성적은 그만큼 좋지 않았던 것이었다.

'저 정도 실력을 갖춘 투수니 프라이드가 높을 거라고 생각했는데.'

물론 이상진에게도 자존심이라는 게 존재하기는 했다.

하지만 야구를 더욱 잘하겠다는 향상심에 비하면 자존심은 아무것도 아니었다.

그래서 커브도 쉽게 바꿀 수 있었다.

귀 근처에서 공을 놓는 상진의 버릇을 지적하고 최대한 공을 앞으로 끌고 나오는 게 어떠냐는 조언을 했었다.

애초에 커브의 회전수가 2,800을 넘어서던 이상진의 커브였다.

그런데 릴리스 포인트를 조정하자 무서울 정도의 낙차를 보여 주게 됐다.

"스트라이크!"

손이 얼얼해질 정도의 패스트볼이 날아왔다.

무엇보다 감탄스러운 게 바로 이 포심 패스트볼이었다.

최고 98마일을 넘어서는 포심 패스트볼이 있기에 다른 구종들이 힘을 발휘할 수 있었다.

바깥쪽으로 휘어져 나가는 슬라이더에 타자의 배트가 끌려 나왔다.

브라이언 레이놀드가 휘두른 배트에 맞은 공은 가볍게 위로 떠올랐다.

상진은 아주 여유롭게 마운드에 서서 그 공을 잡아 냈다.

[타자 포인트 115를 포식하였습니다.]

[이닝을 무실점으로 종료하였으므로 추가 포인트 20을 획득합니다.]

리글리 필드가 무너질 듯한 함성이 터져 나왔다.

＊   ＊   ＊

7이닝 동안 무실점에 3피안타에 무사구.

리글리 필드의 팬들이 열광했다면 원정팀인 피츠버그 파이리츠의 더그아웃은 얼어붙은 듯 조용해졌다.

이상진의 압도적인 투구에 전부 할 말을 잃었다.

"사이드암으로 던지지도 않았는데."

파이리츠 구단의 분석팀은 이상진이 작년에 한국에서 던졌던 영상들을 전부 구해 와서 분석했다.

게다가 애리조나에서 던졌던 영상도 어렵사리 구했다.

그걸 토대로 분석한 결과는 이상진이 포심과 투심을 주력 무기로 사용하고 패스트볼의 구속을 조절하며 타자를 상대한다는 걸로 판단했다.

그런데 데이터 부족이었다.

"오늘은 슬라이더와 체인지업으로 철저하게 승부를 보는군."

오늘 포심의 구사율은 40퍼센트에 가까웠지만 투심을 한 번도 던지지 않았다.

그 점도 오늘 경기가 예상 외로 풀리지 않은 결과였다.

피츠버그의 데릭 셸튼 감독은 쓴웃음을 지었다.

"아마도 투심을 노려올 거라는 걸 예상한 모양입니다."

"아니지. 시범 경기에서 투심을 주로 던진 건 이걸 위한 베이스였던 거야."

경기에서만이 아니라 경기 외적으로도 충분히 머리를 쓸 줄 아는 투수였다.

"아니면 좋은 조언자가 있었겠지."

"조나단 루크로이 말씀입니까?"

"오늘 블로킹도 좋고 프레이밍도 좋아. 전성기 때의 모습을 되찾은 것 같네."

무엇보다 놀라운 건 이상진의 점담 포수인 조나단이었다.

작년까지 그의 기량은 완만한 하향 곡선을 그리고 있었다.

그런데 오늘은 2타수 2안타를 때려 내고, 포수로서도 전성기 못지않은 모습을 보여 주고 있었다.

"다음 타석은 이상진이군요."

"교체할까?"

7이닝에 102구면 많이 던진 편이었다.

게다가 주자는 무사 1루의 상황.

타이밍으로는 교체를 해도 무방할 만했다.

하지만 데이비드 로스 감독은 교체를 지시하지 않았다.

타석에 서 있던 상진은 담담한 표정으로 타석에 섰다.

피츠버그의 포수 제이콥 스탈링이 뭐라 뭐라 떠들어 댔지만, 상진은 그냥 무시해 버리고 불펜으로 나온 마이클 펠리즈에게 집중했다.

현재 스코어는 2 대 0.

벤치에서는 번트 사인은 오지 않았다.

마음대로 해 보라는 뜻이었다.

'그렇다면 마음대로 해 줘야지.'

전전 타석은 번트를 댔고, 전 타석은 2아웃이었던 상황이었기에 별로 부담 없이 휘둘렀다.

이번에는 확실하게 마무리를 지을 타이밍이었다.

[〈손 가는 대로 만든다〉 스킬을 발동합니다.]

[〈엄마의 손맛〉 스킬을 발동합니다.]

단 한 번의 찬스.

무조건 배트에 맞음과 동시에 파울이 되지 않는 타구를 만들어 낼 수 있는 스킬의 조합.

상진의 배트는 맹렬하게 회전했다.

1루수 옆을 총알처럼 꿰뚫은 타구는 페어 지역까지 넘어갔다.

상진은 이를 악물고 뛰며 슬라이딩을 하며 2루에 손을 뻗었다.

"세이프!"

"좋았어!"

[메이저리그 첫 안타를 기록하여 보너스 포인트 200이 지급됩니다.]

[메이저리그 첫 2루타를 기록하여 보너스 포인트 300이 지급됩니다.]

2루에서 만세를 부르는 이상진은 곧바로 대주자로 교체됐다.

7이닝 무실점 102구 3피안타 1볼넷.

"리! 리! 리! 리!"

자신에게 열광하는 팬들을 향해 손을 흔들어 주며 이상진은 환호했다.

그의 메이저리그 데뷔전은 매우 성공적이었다.

메이저리그 데뷔전에서 이토록 강심장이었던 선수가 몇이나 있었을까.

교체돼서 들어오는 그를 위해 쏟아지는 팬들의 박수는 열정적이었고 열렬했다.

감독인 데이비드 로스도 매우 만족스러운 얼굴이었다.

당초 기대대로라면 6이닝 3실점으로 퀄리티 스타트만 달성해 줬으면 했다.

하지만 그 이상을 훌륭하게 해 주었다.

메이저리그에서는 선발투수에게 기대하는 건 승리 조건을 갖출 것.

그리고 경기에서 3분의 2 이상의 이닝을 책임져 줄 것. 이 두 가지였다.

이상진은 자신이 기대했던 것 이상을 훌륭하게 달성해 냈다.

"후우, 지치네."

7이닝 102구를 던졌지만 오늘 경기는 평소보다 훨씬 힘들었다.

메이저리그의 타자 하나하나가 한국 프로 야구의 수위급 타자들과 비교될 만한 실력들이었다.

무실점으로 막아 내긴 했어도 간간히 긴장의 끈을 놓아도 됐던 한국과는 달리, 긴장감의 연속이었다.

"이거 받아. 오늘 투구 괜찮은데?"

전담 포수였기에 함께 교체된 조나단은 실실 웃으면서 에너지바 하나를 건네주었다.

봉지를 입으로 물어뜯은 상진은 그와 하이파이브를 했다.

"네가 그런 말을 하는 건 처음인데? 웬일이냐?"

"나도 칭찬할 때는 한다고. 물론 변화구는 좀 더 다듬어야겠더라."

"그림을 줄 때 감각이 아직 확실하지 않아서 그래."

좋을 말을 하다가도 꼭 뒷말로 초를 치는 조나단을 흘끗 노려본 상진은 남아 있던 에너지바를 자신의 입에 넣고 우적우적 씹었다.

경기는 이후 등판한 불펜이 1실점 하긴 했어도 무난하게 4 대 1로 승리를 거두었다.

시카고 컵스는 3승 1패로 지구 선두로 먼저 치고 올라가게 됐다.

그리고 오늘의 수훈 선수는 그 누구의 이견 없이 이상진으로 뽑혔다.

"안녕하세요! 오늘 이상진 선수와 인터뷰를 하게 된 앨리스 존슨이라고 합니다. 오늘 기분이 어떠신가요?"

"우선 오늘 저를 환영해 주신 컵스의 홈 관중 여러분께 감사드립니다. 여러분께서 스프링 트레이닝 때부터 무척이나 환영해 주시고 기대해 주셨는데 조금이나마 보답해 드릴 수 있어서 다행입니다."

"영어를 무척이나 잘하시네요. 정말 훌륭한 발음입니다."

미국 방송국의 리포터도 놀랄 정도로 준수한 영어 실력이었다.

이상진은 감사 인사를 하면서 동시에 영호가 먹인 괴상한 환약의 효과에 다시 한번 감탄했다.

"오늘 파이리츠와의 경기에서 7이닝 동안 무실점으로 성공적인 데뷔전을 치르셨는데, 소감 부탁드립니다."

경기에 대한 소감을 말해 줄 것을 요구받자 상진의 표정은 살짝 일그러졌다.

"9회까지 던지고 싶었는데 그러지 못해서 썩 마음에 들지는 않습니다."

도발적인 말에 리포터는 순간 당황했다.

간신히 표정을 가다듬은 리포터는 미소를 지으면서 수습하려고 되물었다.

"9회까지 경기를 전부 책임지고 싶었는데, 그러지 못해서 아쉽다는 말씀이시군요."

"그것도 있지만 무엇보다 안타를 두 개, 볼넷을 하나 줬다는 사실도 마음에 들지 않네요."

그녀는 다시 당황했다.

지금 상진이 하는 말은 경기를 혼자 책임지며 퍼펙트를 기록하고 싶었다는 뜻이 된다.

메이저리그에서는 이런 도발적인 인터뷰는 종종 있는 편이었다.

하지만 지금 이상진이 하는 말은 메이저리그 리포터 경력으로 9년 차 베테랑인 그녀라고 해도 감당하기 어려운 말이었다.

"그, 그렇군요. 완벽한 경기를 하길 원하는 이상진 선수의 소감이었습니다. 한국에서와 차이는 무엇이라고 생각하시나요?"

"한국과 메이저리그의 선수들은 평균적으로 본다면 차이가 크겠지만 저에게 큰 차이는 없었습니다. 저는 타자를 상대하기 위해서 투수로서 해야 할 일은 언제나 똑같습니다. 메이저리그의 타자들은 한국 선수들보다 조금 더 공을 잘 맞추는 정도가 차이라고 생각합니다."

"메이저리그를 너무 가볍게 보는 말인 것 같습니다만."

"가볍게 보지 않습니다. 메이저리그는 세계 최고의 야구 선수들이 모이고 경쟁하는 곳이죠. 저 역시 이곳에서 경쟁을 해야 합니다."

그렇게 말하며 이상진의 입꼬리가 살짝 올라갔다.

미국은 아직 면역이 없지만, 한국의 방송 관계자들이 지금 이상진의 얼굴을 본다면 경기를 일으킬 미소였다.

그리고 마이크를 쥐면 폭풍을 일으키는 남자가 다시 입을 열었다.

"하지만 저와 마주하는 타자들도 살아남기 위해서는 꽤 노력해야 할 겁니다."

*   *   *

「이상진의 성공적인 메이저리그 데뷔전, 7이닝 무실점 호투」

「데이비드 로스 감독, 10승 이상 기대한다」

「시카고 컵스 지역지는 이상진을 극찬, 이상진은 메이저리그에 이미 적응」

「메이저리그 타자들, 긴장해라! 이상진이 나가신다!」

"하여튼 이놈은 마이크만 잡으면 일을 터뜨리냐. 병이다 병."

여론 반응을 살피던 영호는 어처구니없다는 듯 웃으면서 들고 있던 신문을 집어 던졌다.

신문 뭉치를 가볍게 받아 든 상진은 들고 있던 치킨을 마저 뜯으면서 어깨를 으쓱거렸다.

"국내 여론이 좋으면 됐죠."

"미국 여론은 신경도 안 쓰고? 죄다 네가 메이저리그를 무시했다고 난리더라."

「한국의 신인, 메이저리그를 무시하는 발언」
「메이저리그에서 퍼펙트게임을 논하다」
「다른 팀 선수에 대한 예의가 없는 미스터 리」

미국 스포츠 언론의 헤드라인을 훑어보면서 상진은 다시 웃었다.

어제 확실한 1승을 거머쥐었던 주인공에 대한 기대감은 온데간데없이 사라졌고, 사방에서는 이상진을 향해 집중포화를 쏟아 냈다.

메이저리그를 존중하지 않고 무시한다는 비판적인 어조로 시작해서 과격한 발언을 서슴없이 기사화하는 언론도 있었다.

하지만 상진은 그걸 가볍게 무시했다.

"미국 언론이 한국보다 더 심하다는 걸 모르진 않았잖아요. 이런 건 무시하면 그만이에요."

"역시 실력으로 찍어 누르는 거네."

"그런데 사신이 밀어준다는 선수가 누구인지 알아봤어요?"

영호는 고개를 절레절레 흔들었다.

지난번에 찾아왔던 사신 놈이 했던 말이 신경 쓰여서 메이저리그를 샅샅이 뒤졌다.

하지만 대체 어떤 선수를 밀어주고 있다는 건지 전혀 알 수가 없었다.

"대체 그놈이 꽁꽁 숨겨 두고 있는 선수가 누구인지 조사는 해 봤는데, 꼬리도 안 잡혀. 어찌 됐든 우리한테 와서 그렇게 말할 정도니까 곧 성적을 내겠지."

"이미 내고 있겠죠."

상진은 메이저리그 홈페이지에 들어가서 타격 기록들을 훑어보기 시작했다.

순위권에 있는 타자들은 누구인가.

그들이 내고 있는 성적은 과연 어떤가.

오늘까지 메이저리그의 팀들이 치른 고작 네 경기.

하지만 눈에 띄는 성적을 내는 선수는 몇 없었다.

"이 중 하나일 텐데."

그때 상진이 끼어들었다.

"내셔널 리그에서 찾아봐요."

"내셔널 리그는 왜?"

"자주 맞붙는다는 가정이 있으니까 그렇게까지 저한테 관심을 가지면서 찾아왔겠죠. 그렇다면 내셔널 리그, 더 나아가자면 컵스와 같은 지구에 있는 선수일 가능성이 커요."

추려 보니 후보는 대략 이십여 명 정도였다.

그 안에는 21세기 최고의 타자라고까지 여겨지는 마이크 트라웃도 있었다.

하지만 그 안의 명단에서도 고개를 가로저었다.

"잘 알려진 선수가 아니겠죠. 저처럼 예전의 성적은 개판이었어도 갑자기 최고조를 달리는 선수가 있을 거예요."

위에서부터 훑어보던 상진은 하나의 이름을 발견했다.

작년에 마이너리그에 있다가 올해 처음으로 콜업되어 올라온 선수.

그리고 갑자기 7할 대의 고타율을 자랑하며 4경기 동안 2개의 홈런을 터뜨린 장타력을 갖춘 선수.

"아마 이 선수일 것 같네요."

"세인트루이스 카디널스?"

하필이면 세인트루이스 카디널스에 소속된 선수였다.

김강현이 이적하기도 한 그 팀에 짐작 가는 타자가 있었다.

"아마 다음 주 주말에 카디널스하고 경기가 있죠?"

상진은 입꼬리를 쓱 끌어 올렸다.

"짐작이 맞는지는 그때 확인해 보도록 할까요?"

* * *

이상진의 다음 등판은 4월 5일 일요일에 열린 애리조나 다이아몬드백스와의 3차전이었다.

그날까지 조나단은 무척이나 심심한 하루하루를 보내야 했다.

그는 이상진의 전담 포수, 그 이상도 이하도 아니었다.

조나단은 아직까지 시카고 컵스에서 윌슨 콘트레라스와 빅터 카라티니에 이은 3번째였다.

"스트라이크! 아우우우우우웃!"

심판의 경쾌한 목소리와 함께 다이아몬드백스의 타자들은 고개를 가로저으며 물러났다.

이상진의 공을 받으면서 조나단은 왠지 가슴이 뛰었다.

예전에도 이랬던 시절이 있었다.

메이저리그에 처음 콜업되어 백업 포수로 등록됐다가 경기를 출전했을 때 느꼈던 설렘.

그게 이상진의 공을 받다 보면 느껴지곤 했다.

'인정하기는 싫지만.'

"스윙! 스트라이크! 아우우웃!"

힘차게 뻗는 심판의 팔 동작과 함께 울려 퍼지는 스트라이크 콜을 들으며 상진에게 공을 돌려줬다.

한국에서 왔다고 무시하다가 불펜에서 공을 받아보고 깜짝 놀랐던 걸 기억하면서 쓴웃음을 지었다.

'낮은 리그에서 온 투수라고 무시하던 게 엊그제 같은데.'

그건 조나단만이 아니었다.

지난번에 상대했던 피츠버그 파이리츠는 물론, 오늘 상대하고 있는 애리조나 다이아몬드백스의 팀 관계자들도 마찬가지였다.

'말도 안돼!'

'놀라울 정도의 피칭이야. 저런 게 가능할 줄은 몰랐는데.'

'간간이 던지는 사이드암도 날카로워. 메이저리그를 무시한다고 생각했는데, 자기 실력에 자부심을 가질 만한 실력이야.'

이상진에 대한 메이저리그 관계자들의 사전 평가는 그다지 좋지 않았다.

한국에서 노히트노런과 퍼펙트게임을 달성하며 좋은 평가를 얻기는 했다.

하지만 여태까지 메이저리그에서 성공했다고 할 만한 투수는 단둘뿐.

2010년대에는 유형진 하나뿐이었다.

요 몇 년간 메이저리그 진출을 시도했던 숫자에 비해 성공하는 선수는 가뭄에 콩 나듯 드문드문 나타났다.

의구심을 갖는 건 당연한 일이었다.

"마치 그렉 매덕스를 보는 기분이야."

"마스터를 보는 듯하다고요?"

다이아몬드백스의 감독인 토리 러벨로는 무거운 얼굴로 고개를 끄덕였다.

"무척이나 공격적인 피칭 스타일이면서 동시에 송곳처럼 예리한 제구력을 갖추고 있어. 던지는 걸 보면 스트라이크존을 적어도 6분할 이상으로 나누고 있지."

미국에서는 이상진의 투구에 대해서 의견이 분분했다.

그 이유 중 하나가 직접 상대한 게 아니라 데이터로만 접해서 그랬다.

하지만 경기에서 직접 마주한 이상진의 피칭은 전혀 달랐다.

구속과 구위가 뛰어나다고 해서 그 점에 집착하지 않았다.

변화구가 꺾이거나 떨어지는 각도가 예리하다고 해서 하나의 구종에 매달리지도 않았다.

이상진의 피칭은 타자의 타이밍을 뺏기 위한 것.

그걸 위해 펼치는 심리전이 일품이었던 그렉 매덕스와 무척이나 닮아 보였다.

"공격적인 피칭을 하면서도 간혹 톰 글래빈처럼 바깥쪽을 노리며 도망치는 피칭도 하기도 하지. 종잡을 수가 없는 투수야."

톰 글래빈을 떠올릴 정도로 이상진은 종종 스트라이크존의 바깥쪽을 집요하게 노렸다.

스트라이크존 안을 적극적으로 공략하던 투수가 갑자기 성향을 바꾸어 바깥쪽만 파고들게 되자 사인을 주던 벤치와 타석에 있는 타자는 당황할 수밖에 없었다.

"팔색조라는 말이 무색할 정도의 투수야."

토리 러벨로는 밥 브렌리, 커크 깁슨 이후 디백스의 부흥기를 이끄는 감독이라는 평가를 받고 있었다.

그런 그조차도 고개를 절레절레 흔들 정도의 투수였다.

다이아몬드백스와의 경기는 8이닝 동안 고작 1실점만 했다.

토리 러벨로 감독은 디백스가 얻어 낸 1점조차도 이상진이

실수한 덕분에 얻은 듯한 인상을 지울 수 없었다.

"다시 만나기 싫은 투수야."

2승째를 올린 이상진의 성적은 15이닝 1실점, ERA는 0.6이었다.

피츠버그 파이리츠에 이어 애리조나 다이아몬드백스까지 짓밟은 이상진의 다음 상대는 세이트루이스 카디널스.

김강현이 이적한 팀이자 동시에 컵스 최대, 최악의 라이벌 팀이었다.

동기가 생겨서 좋은데?

힘껏 휘두르던 베개가 터져서 깃털이 휘날렸다.

잔뜩 분노를 터뜨리던 상진은 씩씩거리며 깃털들을 고스란히 뒤집어썼다.

"으아아아! 젠장!"

그리고 함께 깃털투성이가 된 영호는 한숨을 쉬었다.

"그거 1실점 했다고 그렇게 난리 부르스를 출 일이냐?"

"짜증 나서 그렇습니다! 짜증이!"

8회에도 등판한 건 일종의 고집이기도 했다.

이미 승기를 잡기도 했고 포인트를 조금 더 벌고 싶기도 했다.

투구 수도 94구였기에 8회까지만 정리하고 내려갈 생각이었다.

그런데 감독은 대뜸 조나단을 교체해서 내려 버렸다.

"무슨 생각인지는 잘 알겠는데 호흡을 잘 맞추던 선수를 끌어내리는 건 좀 아니잖습니까?"

좋게 생각한다면 잘 던지는 투수와 다른 포수 사이의 조합을 시험해 보고 싶었을 것이다.

하지만 빅터 카라티니의 사인은 의도적인 게 아닌가 싶을 정도로 괴상했다.

적절하게 섞어서 던지도록 사인을 보내던 조나단과 달리 빅터의 사인 배합은 오로지 패스트볼 위주였다.

그러다 보니 중간에 사인을 읽혀 통타당하고 말았다.

"그냥 좋게 좋게 생각해. 아직 자책점은 0점대잖아?"

"구단에서 장난질하는 게 아니면 좋겠습니다."

"옵션 발동 때문에?"

선발 5경기의 성적에 따라 이후 옵션의 발동이 결정된다.

그런데 호흡을 맞추던 포수를 교체해 버리는 건 합리적인 의심을 할 수밖에 없었다.

"구단이 그 정도로 빡대가리는 아니겠지. 성적을 내야 하는 투수를 괜히 흔들 이유는 없잖아?"

"저도 그렇게 생각하고 싶죠."

하지만 구단이 돈을 아끼려면 무슨 짓을 하는지도 알고 있었다.

옵션을 전부 달성하면 무려 천만 달러나 되는 돈이다.

그걸 애초부터 싹을 제거하고 싶을지도 몰랐다.

"너무 좋지 않게 생각하지만은 말자. 아무튼 다음 경기는 카디널스지? 볼만하겠던데?"

세인트루이스 카디널스.

시카고를 양분하고 있는 팀이자 컵스의 전통적인 라이벌이었다.

컵스의 팬들이 열광적인 건 유명했지만 카디널스를 상대할 때는 유독 더 심해진다.

반대로 얌전하고 신사적이기로 유명한 카디널스의 팬들도 컵스를 상대할 때면 서로 멱살잡이를 할 정도로 거칠어졌다.

"상대 선발투수가 누구인지는 알지?"

"당연히 알죠. 사실 맞대결을 할 거라고는 생각했는데, 이렇게 빨리 만날 줄은 미처 몰랐어요."

그때 갑자기 전화가 울리기 시작했다.

화면에 떠오른 익숙한 번호에 상진은 그만 쓴웃음을 짓고 말았다.

"양반은 못 되겠는데요?"

"얼른 받아보기나 해라."

"여보세요, 아아. 강현이 형? 오랜만이네요."

세인트루이스 카디널스와의 경기에서 맞붙는 상대 선발투수.

그건 바로 함께 메이저리그에 진출한 1년 차 투수 김강현이었다.

　　　　　*　　　　　　*　　　　　　*

　메이저리그에 먼저 진출한 선수가 있다는 사실은 든든했다.

　하지만 동시에 누구보다도 신경 쓰이는 건 바로 메이저리그
에 발을 디딘 동료였다.

　그것도 같은 선발 포지션으로 뛰는 김강현이었다.

　서로 비교가 되기도 하고, 또 서로 잘하면 잘할수록 성적이
떨어지는 쪽에는 동기부여가 됐다.

　"2경기 4실점이라. 그럭저럭이네요."

　"정확히 두 경기 모두 6이닝 2실점씩 했어. 카디널스 감독도
신중하게 쓰는 모양이야."

　"몇 없는 왼손 선발이니까요. 딱히 나쁘진 않네요."

　2점대 평균 자책점을 기록하며 메이저리그에서 순항하고 있
었다.

　하지만 이상진은 여느 때와 마찬가지로 최신 정보를 수집해
서 머릿속에 있는 데이터를 바꿔 넣는 데 여념이 없었다.

　무엇보다 신경 쓰이는 건 김강현의 피칭 스타일이 바뀌었단
사실이었다.

　메이저리그에서 생존하기 위해서는 한두 가지의 패턴만으로
는 불가능하다.

　최소한 대여섯 가지의 패턴을 준비해 두고 상황에 맞춰 변화
시키는 다양성이 필요했다.

"그나저나 세인트루이스 타선은 꽤 좋네요."

"눈에 띄는 녀석이 있냐?"

"지난번에 봤잖아요. 눈에 띄는 녀석."

오늘 성적을 확인해 보니 메이저리그 8경기 동안 6할의 타율을 자랑하고 있었다.

마이너리그에서 승격해서 올라와 그 정도 성적을 거두는 건 기적 같은 일이었다.

"결코 노력만으로 달성할 수 없는 성장이죠."

이름은 토니 스미스, 들어 본 적이 없었다.

그도 그럴 것이 무려 1999년에 태어나 마이너리그에 등록된 지도 얼마 되지 않은 선수였다.

"경이로운 성장이네. 작년 초부터 싱글A에서 트리플A까지 진출, 올해는 시작부터 메이저리그라니."

"놀랍죠? 천재라는 말이 어울리는 녀석이에요. 하지만 사신에게서 가호를 받고 있다면 이야기가 달라지겠죠."

"알아볼까?"

"아뇨, 됐어요."

이상진은 5일 후에 있을, 4월 10일을 기대하며 씩 웃었다.

"어차피 보면 바로 알 테니까요."

*　　　　　*　　　　　*

"이상진은 어떤 선수인지 설명해 줄 수 있나?"

김강현은 팀으로부터 받은 질문에 난감한 표정을 지었다.

이상진에 대해서 설명해 달라.

하지만 딱히 뭐라고 확정해서 말하기에 어려웠다.

"정의하자면 카멜레온 같은 선수입니다."

"카멜레온?"

구속과 구위로 찍어 누르기도 하고 동시에 다양한 폼과 구종으로 타자를 농락한다.

그것도 확실한 데이터를 기반으로 던지며 데이터가 부족하다면 탐색전도 불사한다.

그 과정에서 점수를 잃는 일은 극히 드물었다.

그게 과거 인천 드래곤즈와 김강현이 내린 결론이었다.

"최고 구속은 156킬로미터 정도 나올 겁니다. 구위도 좋고 가장 회전수가 높은 공은 커브였는데 2,927RPM이 나왔습니다."

"구종은 포심, 투심, 체인지업, 슬라이더, 커브, 커터, 그 외에 또 있나?"

"확실하게 선보인 적은 없습니다만 과거 기량이 회복되기 전에는 너클볼이나 스플리터도 시도한 적은 있었습니다."

"그것까지 구사할 줄 안다면 괴물이군."

마이크 쉴트 감독은 이런저런 설명을 들으면서 낮게 신음했다.

그도 이상진이 사이드암이나 언더핸드로 던지는 모습을 봤었고 김강현이 말하는 내용도 대부분 파악했다.

하지만 아직도 감추고 있는 게 남아 있다면 더 골치 아플지도 몰랐다.

그때 폴 골드슈미트가 인상을 찌푸리며 입을 열었다.

"그래 봤자 한국 리그에서 특출난 선수잖습니까? 저 정도라면 얼마든지 칠 수 있습니다."

"그렇게 말하면 미스터 킴은 어떻게 되나? 그리고 우리는 유형진이라는 훌륭한 반례도 있어. 적어도 무시하면 안 되겠지."

폴은 옆에 서 있는 김강현을 흘끗 노려보고는 입을 다물었다.

강현은 쓸쓸한 미소를 지으면서 속으로 한숨을 내쉬었다.

도미니카 공화국이나 멕시코 등에서 온 게 아닌, 동양의 나라에서 왔다는 사실만으로도 무시를 당하곤 했다.

인종차별급의 노골적인 무시는 아니더라도 가끔 소외감을 느낄 때가 있었다.

그걸 이겨 내기 위해서 필요한 건 실력이었다.

지금은 기대치만큼 해 줘서 다행히 합격점을 받았지만, 앞으로는 더 나아지는 모습을 보여 줘야 했다.

"기본적인 경기 운영은 어떻게 하지?"

"우선 타이밍을 빼앗습니다. 아까 받은 데이터에도 있지만 패스트볼의 구속을 최대 15킬로미터까지 조정할 수 있습니다."

"그 외에는?"

"심리전이 매우 강합니다. 타자들은 물론 벤치의 분위기도 읽을 줄 알고 그걸 적극적으로 이용합니다."

카멜레온이라고 했던 것도 이 때문이었다.

자기 자신의 스타일을 고집하지 않고 상대 팀과 선수의 성향에 맞춰서 대응할 줄 안다.

그것이 바로 이상진이었다.

"당하는 건 해적 놈들과 디백스 놈들로 충분하지. 그러면 우리는 지침을 정해 주지. 3회까지는 무조건 투심과 포심만 노리고 배트를 휘두른다."

감독의 작전은 간단했다.

가장 빠른 구속을 자랑하는 포심, 그리고 그걸 보완해 주는 투심이 날아오는 타이밍에 배트를 휘두른다.

그 외에 다른 구종은 무시한다.

그렇게 변화구를 주로 사용하게 해서 평균적인 구속을 낮추어 타자들의 눈으로 보고 치기 쉽게 만든다.

그게 마이크 쉴트 감독의 생각이었다.

회의가 대충 끝나고 다들 나가려는데, 누군가가 강현의 팔을 붙잡았다.

"미스터 킴. 잠시 괜찮습니까?"

"토니?"

토니는 시즌 전 스프링 트레이닝 기간에 합류한 마이너리거였다.

시범 경기에서도 꽤 좋은 성적을 내자 감독은 주저하지 않고 메이저리그로 콜업해서 올려놨다.

올해 처음으로 메이저리그에 올라온 만큼 강현도 동질감을 느끼며 친하게 지냈다.

아직 김강현의 영어 실력이 부족해서 둘은 통역을 사이에 놓고 이야기를 나눴다.

"미스터 리라는 선수, 구속을 조절하는 걸 즐깁니까?"

"거의 매 경기마다 그럴 정도지. 타이밍을 빼앗는 데 그만큼 좋은 기술은 없으니까."

토니는 씩 웃으면서 고개를 끄덕였다.

강현은 그런 토니를 의아한 얼굴로 바라봤다.

"그런데 그건 왜? 아까도 그런 이야기를 했는데."

"그냥 궁금해서 물어봤습니다. 내일 경기 때 혹시 더 물어볼 게 있을지도 모르겠네요."

그 말을 끝으로 토니도 회의실에서 나갔다.

대체 무슨 의도로 그런 걸 물어봤는지 영문을 모르는 강현에게 통역이 말을 꺼냈다.

"저 선수, 좀 이상하다고 하더라고요."

"이상해요?"

"가끔 허공에 대고 대화를 하는 것처럼 헛소리를 할 때가 있다고 하던데요?"

통역의 말에 강현은 그냥 쓴웃음을 지었다.

"메이저리그에는 별 사람이 다 있네요."

*　　　　　*　　　　　*

토니 스미스.

아버지는 도미니카 공화국 이민자 출신이고 어머니는 네덜란드계 이민자 후손이다.

혼혈이긴 했어도 미국은 자유로운 나라였으며, 미들 스쿨 때부터 야구와 미식축구에서 주목받는 유망주였다.

"대단한 재능이야."

"저런 유연성과 힘이라면 메이저리그에서도 가능성이 있어."

"무슨 소리야! 저런 선수라면 내셔널 풋볼 리그에서도 충분히 통한다고!"

스카우터들은 모두 메이저리그나 NFL에 진출해도 손색이 없다며 입에 침이 마르도록 칭찬을 했다.

토니는 그런 평가들 가운데서 결국 야구를 골랐다.

이유는 바로 선수 생명 때문이었다.

격렬한 몸싸움으로 인해 선수 생명이 짧은 미식축구를 선택하는 것보다 야구를 하고 싶었다.

"2~3년 내로 메이저리그 최고의 선수가 될 수 있을 겁니다."

구단 관계자는 이렇게 자신했다.

하지만 요 3년 사이 토니의 기량은 발전하지 않았다.

게다가 햄스트링 부상이 점점 고질병이 되어 가자 구단에서도 하나둘씩 기대를 내려놓기 시작했다.

실망스러웠다.

무척이나 실망스러웠지만 배트를 휘두르고 또 휘둘렀다.

그래도 올라오지 않는 기량에 절망하다가 절벽에 서서 자살까지 생각했었다.

그때 나타난 게 정체 모를 사신이었다.

"뭐 하고 있냐, 나의 귀여운 톰?"

"그렇게 부르지 말라니까 또 그럽니까? 그리고 내 이름은 토니지 톰이 아니에요."

"톰이나 토마스나 토니나. 그게 그거지."

등 뒤에서 나타나 토니를 놀린 도널드는 시끄럽게 웃으면서 침대에 걸터앉았다.

챙이 너무 넓어서 언밸런스한 모자를 벗어 던진 도널드는 토니의 표정을 보면서 다시 웃음을 터뜨렸다.

"그 얼빠진 표정은 뭐냐? 아직도 방향을 잡지 못하고 방황하는 얼간이의 모습인데?"

놀리는 듯한 도널드의 말에 토니는 씩씩거리며 고개를 획 돌렸다.

영호의 말에 한발짝도 물러서지 않고 맞받아치는 이상진과는 좀 다른 반응이어서 왠지 맥이 빠졌다.

도널드는 슬그머니 다가가서 뭘 보고 있나 살폈다.

"그나저나 지금 보는 건 컵스 자료냐?"

정확하게는 미스터 리, 이상진의 자료였다.

토니는 이상진의 영상을 볼 때마다 감탄하고 또 감탄했다.

"미스터 리의 자료는 볼 때마다 놀랍네요."

"시스템의 힘을 빌렸다고 해도 이 정도의 능력은 아무나 나오는 게 아니니까. 말했지? 이건 기본적으로 사용자의 잠재력을 깨울 수 있게 도울 뿐이라고."

"그래서 더욱 기대하고 있어요."

자신 이외에 유일무이한 시스템 보유자.

동시에 현 시대에서 최고의 자리에 올라갈 능력을 지닌 투수.

토니는 비디오를 돌려 보고 또 돌려 보면서 입가에 미소를 머금었다.

"그 사람의 공을 한번 치고 싶어요."

"호오? 이 녀석, 승부욕이 또 불타오르는 모양인데?"

"저런 투수라면 늘 승부욕이 불타오르게 마련이죠."

이상진의 투구 영상을 보면서 토니의 미소는 점점 짙어졌다.

*　　　*　　　*

2020년 메이저리그는 시작 전부터 무척이나 시끄러웠다.

휴스턴 애스트로스의 사인 훔치기 폭로부터 시작된 소란스러움은 정규 시즌이 되자 각 구단의 신경을 날카롭게 만들기 충분했다.

"아직까지는 사인을 훔치는 걸로 보이는 구단은 없습니다."

"하지만 컵스가 무슨 짓을 할지 모르지."

선수들이 경기 도중 사인을 훔쳐보고 그걸 전달해 주는 건 불문율로 허용되는 일이었다.

하지만 휴스턴은 과거, 전자기기와 비디오 판독실까지 이용하며 상대 팀의 사인을 적극적으로 훔친 적이 있다.

경기에 나선 선수들이 사인을 훔쳐보는 것과 전자 기기를 사용한다는 건 엄연히 다른 이야기.

게다가 2001년에 샌디 앨더슨 MLB 부회장이 사인을 훔치기 위해 전자 기기를 이용하는 행위를 엄격히 금지한다고 선언하였다.

이제 전자 기기를 이용한 사인 훔치기는 리그 규정을 명백하게 위반하는 행위가 됐다.

그래도 세인트루이스 카디널스에서도 홈팀인 시카고 컵스가 무슨 짓을 벌일지 몰라 전전긍긍하고 있었다.

게다가 카디널스와 컵스의 경기는 격하기로 유명했다.

작년에 포스트시즌 진출에 실패한 컵스는 지구 우승을 차지한 자신들에게 승리를 하기 위해서라면 무슨 짓이라도 시도할터.

카디널스는 전전긍긍하고 있었다.

물론 컵스 입장에서도 그런 걸 고려하지 않은 건 아니었다.

하지만 얼마 전에 스캔들이 터진 만큼, 메이저리그 사무국에서는 구단에서 보유 중인 카메라에 대해서도 철저하게 관리 감독을 요구하고 있었다.

너무 철저하게 이루어지는 감시에 컵스도 사인 훔치기에 대한 생각을 접었다.

"어차피 이기면 되는 거잖아요?"

그 일면에는 이상진의 말도 한몫했다.

2경기 동안 고작 1실점에 피안타는 6개인 한국인 투수는 이미 팀원들과 한마음 한뜻이 되어 있었다.

"사인을 훔치는 게 도움이 되긴 하겠죠. 그러니까 타자들은 딱 1점만 내주면 돼요. 모자라면 2점만 내주든가. 그러면 제가 막아 드리죠."

"좋아좋아! 그 2점 중에 1점은 내가 내지! 나머지는 들러리나 하라고!"

조나단까지 호탕하게 웃어 젖히며 호응해 주자 팀원들도 덩달아 사기가 올랐다.

다이아몬드백스와의 3연전을 모조리 승리한 컵스는 파죽지세로 지구 1위를 달리고 있었다.

그리고 이제 라이벌 팀인 카디널스와의 3연전을 겨냥하고 있었다.

"그런데 이 토니 스미스라는 선수에 대한 데이터는 더 없나요?"

"응? 작년까지 마이너리그에서 뛰던 녀석이라 그 이상은 없는데요? 그런데 왜 그렇게 그 선수한테 관심을 가지는 겁니까?"

구단 관계자는 엊그제부터 줄기차게 토니 스미스에 대한 자료를 요청하는 상진을 의아하게 여겼다.

산하 마이너리그 팀에서 가지고 있는 데이터는 물론 올해 경기 영상도 구해다 줬다.

그런데도 상진은 다른 데이터가 없는지 계속 문의를 해 왔다.

"아무래도 신경이 쓰여서요. 직감적이긴 해도 왠지 경계해야 할 것 같네요."

저승사자니 사신이니 하는 말보다 선수의 직감이라고 둘러대는 편이 좋았다.

구단 직원은 고개를 갸우뚱하고는 이내 더 알아보겠다며 자료실로 향했다.

"헤이, 코리안 보이. 그 타자한테 뭔가 느껴져?"

올해도 개막전 선발로 나와 1점대 평균 자책점을 기록하고 있는 존 레스터가 어깨동무를 해 왔다.

"나도 타격 폼을 보면서 좀 섬뜩하긴 했어. 아직 투박한 데가 많아도, 잘만 크면 트라웃 이상이 될 소질이 보이더라."

"존도 그렇게 보였어?"

"거의 모든 공에 타이밍을 맞추는 걸 보면 그렇게 생각할 수밖에 없잖아?"

영상에 나오는 토니 스미스는 공이 날아올 때마다 타이밍을 전부 맞췄다.

그것보다 가장 놀라운 건 따로 있었다.

"이 녀석, 어제 경기까지 삼진이 하나도 없어."

가장 놀라운 건 토니 스미스가 바로 어제까지 치른 11경기 중에 삼진으로 아웃카운트를 잡힌 적이 한 번도 없단 사실이었다.

모든 공에 배트를 내는 거나 다름없는 적극적인 타격을 해내는데도 삼진이 하나도 없다는 사실은 경이로웠다.

"왠지 어디선가 봤던 것 같은 스타일인데."

"봤던 거 같다고?"

상진은 고개를 끄덕이며 토니 스미스의 기록과 영상을 다시 훑어봤다.

모든 공에 타이밍을 맞추는 놀라운 타격과 벌써 2개째 기록하고 있는 도루.

그러면서도 볼넷은 확실하게 걸러 내고 있다.

'요새 선수가 아니야. 옛날에 뛰었던 메이저리그 선수와 비슷한데 누구였지.'

한참 기억을 계속 더듬으며 어떤 선수와 가장 비슷한지 떠올려 봤지만 전혀 생각나지 않았다.

지금 자신이 상대해야 하는 건 세인트루이스 카디널스라는 팀이지, 토니 스미스라는 선수 한 명이 아니었다.

그럼에도 사신이 지원해 주고 있을지 모르는 그 선수가 무척이나 신경 쓰였다.

*　　　　　　*　　　　　　*

「김강현 vs 이상진, 한국인 메이저리거 투수들의 맞대결이 성사되다」

「이상진, 김강현과는 한국에서도 맞붙어봐 익숙」

「양 투수의 타격은 과연 서로에게 어떨까」

「아직까지 완투를 하지 못한 이상진, 미국 적응의 문제인가」

4월 10일 시카고 컵스의 홈구장인 리글리 필드에서 열리는 카디널스와의 1차전.

구장으로 가던 상진은 바깥에서 벌어지는 패싸움의 현장에 입을 떡 벌렸다.

"컵스와 카디널스가 서로 맞붙을 때는 저 난리라더니. 사실인가 봐요."

"그러게 말이다. 미국은 뭔가 화끈한데?"

오후부터 맥주 한잔 걸치며 서로의 팀에 대해 토론하던 양 팀 팬들이 서로 충돌하자, 기어코 경찰까지 출동했다.

한국에서는 간간이 뉴스에 뜰 만한 일이 미국에서는 하루걸러 한 번씩 벌어지고 있었다.

"역시 어메이징 아메리카야. 그나저나 넌 진짜 조심해야겠다."

"왜요?"

"오늘 지면 너는 컵스 팬들한테 잘근잘근 물어뜯기지 않을까?"

"제가 그렇게 순순하게 잡아먹힐 거 같나요?"

"그럴 리가 없지. 너는 마운드에서 군림하는 포식자니까. 다름 아닌 내가 인정해 주마."

"야구에 대해서는 아직도 쥐뿔만큼밖에 모르면서."

영호한테 핀잔을 준 상진은 차에서 내렸다.

주차장에서부터 인산인해를 이루고 있던 팬들은 이상진에게 우르르 몰려들었다.

그러면서도 구단에서 마련해 놓은 라인 안으로 들어오지 않고 규칙을 지키는 게 무척이나 인상적이었다.

"아, 아뇽하시오?"

"편하게 영어로 말해도 다 알아듣습니다."

"와! 진짜 다 알아듣네?"

"사인! 사인! 데이비드라고 적어 줘!"

벌써 자신의 이름이 마킹된 시카고 컵스의 유니폼을 입고 있는 팬들이 있었다.

영어로 이상진이라 적힌 플래카드를 들고 있는 팬.

유니폼을 입은 채 손에 또 다른 유니폼을 들고 사인해 달라며 내미는 팬.

물론 다른 선수들도 사인해 주기 여념이 없었다.

그래도 이적해 와서 고작 두 경기 선발로 나선 투수에게 보내는 환호로는 과분하다고 여길 정도로 열광적이었다.

"너 인기 좋다?"

"조나단! 미스터 리의 따까리 조나단!"

"야! 너 죽을래?"

팬의 악의 없는 농담에 웃으며 맞받아친 조나단도 사인 요청을 스스럼없이 받아들였다.

수많은 팬들에게 사인을 해 주던 조나단은 상진의 옆구리를 쿡 찔렀다.

"아, 왜?"

"너는 사인 꽤 잘해 준다? 예전에 한국인 선수 몇몇은 공식 행사 아니면 잘 안 해 주던데."

"그건 뭐 케이스 바이 케이스 아니겠어?"

누구를 이야기하는지 대략적으로 짐작하면서도 상진은 씩 웃고 말았다.

한국에서는 선수들 일부가 팬을 상대하는 일을 무척이나 귀찮아했다.

사인을 해 주지 않고 도망치는 선수가 있는가 하면, 혹은 팬들을 개무시하는 선수도 있었다.

"난 부상이 길었으니까. 팬 한 명, 한 명이 소중한 거야."

"캬, 명언으로 삼자."

"그리고 한국의 스포츠 관계자 중 한 분이 이런 말씀을 하기도 했지. 우리는 팬이 없으면 그냥 생산성이라고는 눈곱만큼도 없는 공놀이를 하는 거라고."

"트라웃이 한 말하고도 비슷한데?"

트라웃도 이것과 비슷한 말을 한 적이 있었다.

'사인해 주는 데 5초면 되지만, 아이들에게는 평생 기억에 남는다. 어렸을 때 사인을 받지 못하고 집에 가면 어떤 기분인지를 기억하기 때문입니다!'

상진도 똑같은 생각이었다.

문득 작년 5월 5일 어린이날에 만나 사인해 주고 안아줬던 어린이 팬들이 기억났다.

10년 후에 그 어린이들은 과연 자신을 어떻게 생각할까.

"팬들이 사인이나 악수를 해 달라는 건 무척이나 용기를 낸 거야. 마치 연심을 품고 있는 여성에게 처음으로 말을 거는 남자의 마음하고 같겠지."

선수들에 사인이나 악수 요청은 일상과도 같은 일이다.

하지만 팬들의 입장에서는 그런 일은 몇 달에 한 번, 1년에 한 번 있을까 말까 한 일이다.

용기를 내서 사인을 요청했는데 개무시당한다면, 간신히 짜낸 용기를 짓밟는 일과도 같다.

들어갈 시간이 됐음을 알리는 구단 직원의 신호에 상진은 크게 외쳤다.

"Go! Go! Cubs!"

이상진이 외치자 팬들은 제자리에서 뛰며 함께 외쳤다.

"Go! Go! Cubs!"

"Go! Go! Cubs!"

팬과 선수들이 하나가 되어 시카고 컵스의 응원가를 부르는 광경을 둘러보며 상진은 씩 웃었다.

"이런 게 바로 즐기는 거지."

*　　　　　*　　　　　*

홈 개막전이었던 지난번에도 등판했던 리글리 필드였다.

하지만 세인트루이스 카디널스와의 경기가 잡혀 있는 오늘만큼은 분위기도 달랐다.

홈 관중들은 원정팀 응원석을 맹렬하게 노려봤고, 간혹 상대 팀을 비하하는 슬랭(Slang)이 여기저기에서 튀어나왔다.

"평소보다 더하네."

캐치볼을 하며 가볍게 몸을 풀던 상진은 평소보다 훨씬 격렬한 분위기에 조금 놀랐다.

마치 80년대 한국 프로 야구의 한 장면을 보는 듯한 기분이었다.

"플레이볼!"

[식사 시간이 되었습니다.]

[〈일찍 일어나는 새가 먹이도 많이 잡는다〉 스킬이 활성화됩니다.]

[상대방의 포식 포인트가 표시됩니다.]

[타자의 포인트는 143입니다.]

심판의 경기 시작 개시 신호와 함께 마운드에 서 있던 상진은 공을 던졌다.

스위치 타자인 덱스터 파울러는 이상진의 공을 오래 지켜보기 위해 좌타자 타석에 들어가 있었다.

하지만 몸 쪽으로 날카롭게 파고드는 포심 패스트볼을 그냥 지켜 볼 수밖에 없었다.

"스트라이크!"

지금 이상진에게 덱스터 파울러는 아무래도 좋았다.

최고 구속 158킬로미터로 날아갔던 1구와 달리, 2구는 느리게 제구된 포심으로, 3구는 아래로 떨어지는 체인지업으로 아웃카운트를 잡아냈다.

"스트라이크! 아웃!"

1번 타자인 덱스터 파울러를 공 3개로 처리한 상진은 다음 타자를 바라보며 미소를 지었다.

토니 스미스.

그리고 그가 어떤 타자인지는 다음 시스템 메시지로 확실히 알 수 있었다.

[타자의 포인트를 표시합니다.]

[시스템의 영향으로 포인트 감지가 불가능한 인물입니다.]

내용부터 무척이나 화려한 메시지였다.

포인트를 확인할 수 없는 타자.

'이 녀석이다.'

그것과 동시에 상진은 가장 자신 있는 공을 던졌다.

투심 패스트볼.

한국에서 자신의 0점대 평균 자책점을 만들어 준 최고의 구종을 힘껏 던졌다.

따악!

"파울!"

그런데 토니 스미스는 그 공에 타이밍을 맞췄다.

스트라이크존 안으로 들어오다가 아슬아슬하게 구석으로 내리꽂히는 공.

그걸 정확하게 받아치니 이상진으로서도 당황해 버리고 말았다.

하지만 토니 스미스는 더했다.

*   *   *

자신이 스킬까지 쓰면서 무슨 구종이 날아올지, 어떤 코스로 날아올지 확실하게 파악해서 배트를 휘둘렀다.

그런데도 안타를 만들어 내지 못했다.

[〈나이스 배팅〉 스킬이 활성화 중입니다. 9/10]

[〈코스 추적자〉 스킬이 활성화 중입니다. 9/10]

토니는 자신의 시스템 화면을 보며 높은 휘파람을 불었다.

메이저리그에 올라와서 여태껏 만나본 투수들의 공은 스킬을 쓰면 언제나 안타를 칠 수 있었다.

그런데 이상진은 자신의 예상을 확실하게 뛰어넘었다.

같은 내셔널 리그에 같은 중부 지구.

토니 스미스는 불타오르는 승부욕에 미소를 지으며 배트를 고쳐 쥐었다.

"미스터 리! 넌 역시 최고야!"

승부욕을 불태우는 토니와 다르게 이상진의 얼굴은 점점 굳어갔다.

승부를 즐기는 토니와는 정반대로 이상진은 승부에 집중하면 오히려 진지해졌다.

그리고 둘 사이의 승부는 끈질기게 이어졌다.

"파울!"

벌써 7구째 승부를 이어 나갔다.

"볼!"

"파울!"

"파울!"

토니 스미스도 가지고 있는 역량을 다해 이상진의 공을 공략해 보려고 애를 썼다.

하지만 단 하나도 앞으로 뻗어 나가지 못했다.

당혹스러운 건 이상진도 마찬가지였다.

투 스트라이크 투 볼의 상황은 분명 자신에게 유리했다.

하지만 먼저 투 스트라이크를 잡아 놓은 것에 비하면 마음에 들지 않았다.

"괜찮냐?"

조나단이 마운드에 올라오자 데이비드 로스 감독이 보낸 타미 호토비 투수 코치도 걱정스러운 얼굴로 함께 마운드에 올라왔다.

"후우, 괜찮지 않을 게 뭐가 있어요? 그나저나 왜 1회도 안 지났는데 다들 우르르 몰려나온 거예요?"

한국에 있을 때부터 그랬지만 이렇게 우르르 몰려나와서 괜찮냐고 물을 때마다 마음에 들지 않았다.

점수를 뺏기거나, 혹은 안타를 맞은 것도 아닌데 호들갑 떠는 게 싫었다.

투수 코치는 걱정스러운 얼굴로 물었다.

"그래서 어쩔 건데? 거의 모든 공에 타이밍을 맞춰 오고 있는데?"

"별수 있어요? 아웃을 잡아야죠."

"혹시 사인을 읽히는 게 아닐까?"

조나단이 사인을 읽히고 있을지 모른다는 걱정을 하자 상진은 고개를 저었다.

여기는 컵스의 홈구장인 리글리 필드.

카디널스가 수작을 부릴 만한 여지는 어디에도 없었다.

"그럴 리는 없어. 만약에 읽힌다고 생각된다면 지금 여기에서 공 3개만 정하고 가자."

조나단과 다음에 던질 공을 미리 논의한 상진은 심호흡을 하면서 타석에 있는 토니 스미스를 맹렬하게 노려봤다.

사신의 가호를 받았다더니 역시 최고의 상대였다.

하지만 상진은 토니와 다르게 지금 이 상황이 무척이나 싫었다.

"오호, 그런 방법을 쓰려고?"

"상관없잖아? 반칙도 아니니까."

조금 치사하긴 해도 아예 방법이 없는 건 아니었다.

평소에 이런 방법까지 쓰지 않아도 아웃을 잡을 수 있었지만, 지금은 무척이나 까다로운 상대였다.

상황을 타개하고 다음 이닝으로 나아가려면 할 수 없었다.

조나단과 투수 코치가 제자리로 돌아가고 상진은 숨을 골랐다.

이제부터가 진짜 승부였다.

＊　　　　　＊　　　　　＊

스트라이크존은 심판마다 천차만별이다.

한국에서도 그렇고 미국에서도 마찬가지로 공이 스트라이크인지, 볼인지를 가늠하는 건 심판의 재량이다.

그래서 프리미어 12 대회 때와 마찬가지로 심판의 농간에 당하는 일도 있었다.

투수들이나 타자들이나 모두 스트라이크존의 크기에 대해 불만을 가지고 있다.

상진도 그거에 대해서는 다르지 않았다.

하지만 스트라이크존을 탓하기보다는 존의 크기를 파악하고 그 안에 적극적으로 공을 집어넣는 것을 즐겼기에 크게 문제 삼지는 않았다.

"볼!"

스리쿼터로 던진 슬라이더가 볼이 되며 투 스트라이크 스리볼, 풀카운트가 만들어졌다.

하지만 상진과 조나단은 별로 동요하지 않고 다음 공을 준비했다.

토니 스미스가 무척이나 예리한 스윙을 하고 웬만한 공에는 삼진을 당하지 않는다는 사실은 이미 간파했다.

그렇다면 타자와 투수, 양쪽의 싸움에 제3의 요소가 끼어들게 만들면 된다.

'준비하는 건 투심 패스트볼. 구속은 최대로.'

타이밍을 맞춰온다는 건 무슨 구종을 어떤 빠르기로 던질지 알고 있단 말이다.

그렇다면 가장 자신 있는 공을 던지는 편이 좋았다.

이상진의 팔이 힘차게 휘둘러졌다.

온힘을 다해 휘두른 팔에서 떠난 공은 유려한 곡선을 그리며 스트라이크존 아슬아슬한 구석으로 날아갔다.

"스트라이크! 아우우웃!"

[타자 포인트 215를 포식하였습니다.]

심판은 팔을 휘두르며 아웃을 선언했다.

토니 스미스는 고개를 갸웃거리며 다시 한번 조나단의 미트가 있는 곳을 바라봤다.

방금 전 공이 꽂힌 곳은 토니가 머릿속에서 그려 놓은 스트라이크존에서 살짝 벗어났다.

하지만 거기는 심판의 스트라이크존 안이었다.

이상진은 토니와 심판, 둘 사이의 존에 있는 아주 미세한 차이를 이용했다.

게다가 조나단의 프레이밍 실력도 한몫했다.

전성기 못지않은 미트의 움직임은 심판의 눈을 속이기에 충분했다.

'치사한 방법이긴 하지만 이것도 승부니까.'

토니 스미스가 승부를 순수하게 즐겼다면 이상진은 조금 달랐다.

이상진이 타자와의 승부를 즐긴 적은 단 한 번도 없었다.

그에게 야구란 그저 잡아먹지 않으면 잡아먹히는, 약육강식의 세계였다.

투수는 타자를 잡아먹고 타자는 투수를 잡아먹어야 했다.

그래서 상진은 상대를 경외하고 존경할지언정 승부를 즐기지는 않았다.

"이제야 아웃을 두 개 잡아낸 거네."

토니 스미스와의 대결이 무척이나 끈질겼던 탓에 마치 3회를 끝낸 듯한 피로감이 몰려왔다.

그래도 아직 아웃 카운트는 두 개뿐이었다.

완봉을 위해서는 아직도 스물다섯 개나 아웃을 잡아내야 했다.

상진은 터덜터덜 더그아웃으로 돌아가는 토니 스미스에게서 시선을 떼고 다음 타자에게 집중했다.

"재미있냐?"

모습을 완전히 감추고 있는 사신 도널드의 목소리에 토니는 피식 웃었다.

"예. 미칠 것같이 즐겁네요. 저런 선수가 있을 줄은 몰랐어요."

여태까지 스킬을 사용해서 안타를 쳐 내지 못한 투수는 없었다.

적어도 땅볼이나 플라이로 아웃당할지언정, 삼진을 잡힌 적은 한 번도 없었다.

그런데 오늘 그걸 동시에 해내는 투수가 있었다.

"그런데 전력을 다하지는 않았네?"

"1회는 그저 탐색전일 뿐이에요. 저쪽도 전력을 다하지는 않은 것 같으니까요."

더그아웃에 돌아오자 팀 동료들이 전부 토니를 걱정하며 그를 에워쌌다.

"토니! 괜찮아?"

"삼진 당했는데 혹시 컨디션이 안 좋은 거냐?"

오늘까지 단 한 개의 삼진도 당하지 않던 토니가 드디어 삼진을 당했다.

누구나 삼진으로 아웃될 수 있다지만, 처음 경험한 삼진에 혹시라도 타격이 흐트러지지는 않을까 다들 걱정을 했다.

아무렇지 않다는 표정으로 동료들을 안심시키며 토니는 마운드를 돌아봤다.

*　　　　　*　　　　　*

이상진과 김강현.

세인트루이스 카디널스와 시카고 컵스의 라이벌전에 한국인 투수끼리의 대결이 펼쳐지는 모습은 한국에서도 엄청난 시청률을 기록하고 있었다.

"미치겠네.

4회 초 등판하자마자 상진은 쓴웃음을 지었다.

또다시 눈앞에 나타난 토니 스미스가 자신을 향해 미소를 짓고 있었다.

이번에야말로 반드시 쳐 내겠다는 각오가 물씬 느껴지는 얼굴에 상진은 아까를 떠올리며 한숨을 쉬었다.

'아까처럼 공략하겠어?'

조나단의 사인에 상진은 고개를 가로저었다.

적어도 이닝을 거듭하면서 토니 쪽도 심판의 스트라이크존을 수정해 왔을 것이 분명했다.

'톰 글래빈식으로 바깥쪽을 집요하게 공략하면서 심판의 스트라이크존을 공략해야 하나.'

거울에 비친 그렉 매덕스라는 별명을 가졌던 또 다른 레전드 투수 톰 글래빈을 떠올렸다.

바깥쪽을 집요하게 공략하며 심판의 존을 혼란스럽게 만들어 자신의 공을 스트라이크로 바꿨던 투수.

하지만 상진은 고개를 가로저었다.

'심판의 존을 늘리는 것도 한계가 있다. 그리고 이제부터는 토니 스미스도 아슬아슬한 코스의 공은 무조건 커트하려고 할 터.'

이런 미적지근한 방법은 더 이상 통하지 않을 것이다.

그렇다면 남은 방법은 하나뿐.

'무기는 하나 남아 있긴 하지.'

[〈먹을 때는 개도 안 건드린다〉 스킬 1/1]

이 스킬을 썼을 때 단 한 번도 안타를 맞은 적이 없었다.

파울조차도 나오지 않았다.

오늘 적어도 3번에서 4번 마주해야 할 타자였기에 두 번째 승부에서 사용하기가 조금 망설여졌다.

하지만 이내 각오를 굳혔다.

[사용자: 이상진(투수)]

—체력: 112/120

—제구력: MAX

—수비: 95

—최고 구속: 시속 159킬로미터

—평균 회전수: 2,502RPM

—보유 구종: 포심 패스트볼(S), 커브(A), 슬라이더(A), 체인지업(A), 투심 패스트볼(S), 컷 패스트볼(B)

—보유 스킬: 7개(목록은 클릭 시 활성화됩니다.)

—남은 코인: 11

웬만한 코인은 전부 타격 능력치로 빠질 가능성이 커져서 사용하기가 꺼려졌다.

그래도 가능한 만큼 써 보고 싶었다.

쓸 수 있는 한도는 5번.

[체력이 1 올랐습니다]

[콘택트가 1 올랐습니다]

[선구안이 1 올랐습니다]

[주루가 1 올랐습니다]

그리고 그다음에 떠오른 메시지에 상진은 눈을 동그랗게 떴다가 웃음을 터뜨렸다.

조나단이 포수 마스크를 벗고 어리둥절한 표정을 지을 만큼 커다란 웃음이었다.

[〈먹을 때는 개도 안 건드린다〉 스킬을 중복 획득하였습니다.]

[스킬의 중복 획득으로 해당 스킬이 강화됩니다.]

*   *   *

토니에게도 총 5개의 스킬이 있었다.

무조건 배트에 맞게 해 주는 〈나이스 배팅〉 스킬.

공이 어디로 날아올지 예측할 수 있는 〈코스 추적자〉.

그 외에는 파워를 올려 주는 〈헬스에 미친놈〉과 구종이 뭔지 알아내는 〈회전을 읽는 자〉까지.

하지만 토니 스미스가 마지막의 마지막까지 숨겨 두는 스킬이 하나 있었다.

〈한 방에 주님 곁으로〉

장난스러운 스킬명이었어도 효과는 무시무시했다.

〈나이스 배팅〉 스킬이 배트에 맞히는, 이상진이 보유하고 있는 〈손가는 대로 만든다〉와 비슷한 효과라면, 〈한 방에 주님 곁으로〉는 더 좋은 효과였다.

'이걸로 확실하게 처리해 주마.'

배트의 정중앙에 맞도록 만들면서 동시에 장타력을 크게 끌어 올려 주는 스킬이었다.

이건 하루에 단 한 번만 사용할 수 있는 스킬이었기에 〈코스 추적자〉를 통해 스트라이크존 안에 들어올 때 사용해야 했다.

그는 조용히 이상진의 공을 기다렸다.

"파울!"

초구를 존 안에 적극적으로 넣는 선수인 만큼 안으로 들어오리라 생각했다.

하지만 토니는 지금 바로 스킬을 사용하지 않았다.

'조금 더. 조금 더 확신을 가지고 던져라.'

이상진이 자신을 확인 사살 하기 위해 공을 던지는 순간을 노렸다.

"볼!"

"와우!"

메이저리그에서 155킬로미터 정도의 공은 생각보다 흔한 공이었다.

하지만 이런 걸 눈앞에서 본다면 뛰어난 타자라고 해도 쉽게 배트를 내기 힘들었다.

무엇보다 이상진의 투구 폼은 구종마다 거의 차이가 없었다.

그래서 어떤 공이 날아올지 파악하는 건 힘든 일이었다.

'포심이 날아올 거라는 건 알고 있어도 직접 보니 무시무시

한데.'

토니는 혀를 내두르며 다음 공을 기다렸다.

〈회전을 읽는 자〉 스킬로 표시되는 다음 공은 또다시 투심 패스트볼이었다.

그런데 뭔가 데이터 표시가 이상했다.

구종은 표시되는데, 구속이나 코스가 제대로 표시되지 않았다.

〈코스 추적자〉 스킬을 사용해도 마찬가지였다.

'이 공이냐!'

[〈코스 추적자〉 스킬이 활성화됩니다. 2/10]

[〈나이스 배팅〉 스킬이 활성화됩니다. 2/10]

[〈한방에 주님 곁으로〉 스킬을 발동합니다.]

이상진이 투구 폼을 취하는 순간, 토니도 자신의 스킬을 전부 발동시켰다.

어떤 비장의 수단으로 공을 던지는 건진 몰라도 이 공은 위험했다.

전력을 다해서 쳐 내지 않으면 삼진을 당하리란 걸 확실하게 느꼈다.

딱!

짧고 경쾌한 소리와 함께 공이 위로 솟구쳤다.

하지만 토니의 타구는 그리 멀리 날아가지 못했다.

"마이 볼!"

이상진은 달려오려는 내야수들을 향해 외치고는 글러브를

들었다.

내야조차 벗어나지 못한 타구는 투수 이상진의 글러브 안으로 빨려들어 갔다.

그는 1루를 향해 뛰다가 걸음을 늦추는 토니를 향해 시선을 돌렸다.

승부를 끝내고서야 간신히 평소의 여유가 돌아온 상진은 엄지손가락을 아래로 향하고는 자신만만한 표정으로 웃고 있었다.

"넌 아직 안 돼, 인마."

한국말을 몰라서 무슨 뜻인지는 알 수 없었어도 토니는 그것이 자신을 조롱하는 것임을 알 수 있었다.

토니의 얼굴이 일그러지는 걸 보며 상진은 기지개를 켰다.

경기는 아직 진행 중이었다.

경기 자체는 상당히 스무스하게 흘러갔다.

양 팀의 선발투수들은 전력을 다해 공을 던졌으며 5회까지 김강현은 2실점, 이상진은 무실점으로 경기를 풀어 나갔다.

다만 이상진의 마음은 편하지는 않았다.

4회 때 마주한 토니 스미스의 타구 때문이었다.

여태까지 그 어떤 타자도 〈먹을 때는 개도 안 건드린다〉 스킬을 사용한 공을 건드린 적이 없었다.

멀리 뻗어 나가지 못하고 자신의 손으로 잡아내긴 했다.

그래도 맞았다는 자체가 마음에 들지 않았다.

[〈먹을 때는 개도 안 건드린다〉 스킬 (1/2)]

비장의 한 수라고 준비해 뒀던 스킬을 썼음에도 통타당했다는 사실이 너무나도 분했다.

그래도 이상진은 투수였고 한 명의 야구 선수였다.

곧바로 멘탈을 붙들고 경기에 집중했다.

"교체?"

그 와중에 토니 스미스가 두 번의 타석을 끝으로 교체됐다.

다음에 이어질 승부를 차분하게 준비하던 상진은 6회에 올라온 카디널스의 2번 타자가 바뀌어 있자 맥이 빠졌다.

확실하게 눌러 버릴 생각이었다.

다시는 기어오르지 못하게 말이다.

사신의 가호를 받아서 시스템을 갖췄다고 해도 상대가 될 수 없다는 사실을 가슴 속 깊은 곳까지 새겨 넣으려고 했었다.

'다음에 만나면 또 신나서 배트를 휘두르겠구먼.'

이 자리에서 확인 사살을 하지 못한 게 뼈아팠다.

상처 입은 채 도망친 사냥감은 똑같은 방법에 당하지는 않을 터.

이상진은 남아 있는 분노와 아쉬움을 카디널스의 다른 타자들에게 풀었다.

*　　　　　*　　　　　*

최고 150킬로미터에 이르는 패스트볼과 140킬로미터 초중반대에 형성되는 슬라이더.

이 두 가지 무기에 새로 배운 커브와 투심을 섞은 김강현의 투구는 타의추종을 불허했다.

하지만 이보다 더한 게 바로 이상진이었다.

조나단의 사인에 고개를 가로저은 상진은 보다 공격적인 사인을 요구했다.

이상진은 자신의 기량을 만개하기 시작한 이후부터 정면대결을 해 왔다.

'메이저리그에서는 도망친다면 마음부터 꺾인다는 뜻이다.'

이렇게 생각했기에 도망치지 않았다.

정면에서 상대와 승부했고 전력을 다했다.

그리고 한 가지 바뀐 게 있었다.

"미스터 리의 패스트볼 구사율이 무척이나 높아졌군요."

한국에서는 모든 구종을 섞어서 사용했다면 메이저리그에 와서 달라졌다.

메이저리그에서 이상진의 포심 패스트볼 구사율은 무려 40퍼센트에 달했다.

"패턴 자체가 바뀌었어."

이상진은 기존에 다양한 구종을 뒤섞으며 공을 던졌다.

타의 추종을 불허하는 패턴과 타이밍을 빼앗는 실력은 타자들을 농락하기에 충분했다.

그럼에도 메이저리그에 진출하자마자 이상진의 패턴은 바뀌었다.

"공인구 때문이 아니겠습니까?"

컵스의 코치진이 생각한대로 이상진의 패턴 변화는 메이저리그의 공인구 때문이었다.

실밥이 생각보다 도드라지지 않은 메이저리그의 공인구는 패스트볼을 던지기에 적합했다.

잡아채는 힘이 부족했기에 변화구를 던지기 어려웠던 상진은 변화구의 구사율을 낮춘 대신 패스트볼을 적극적으로 던지기 시작했다.

그걸 확실한 승부수로 굳힐 만한 능력이 바로 그에게 있었다.

"스트라이크! 타자 아웃!"

조금 전에 전광판에 표시된 포심 패스트볼은 88마일(141킬로미터).

그리고 오늘 이상진이 기록한 포심의 최고 구속은 97마일(156킬로미터)이었다.

똑같은 구종의 속도가 14킬로미터나 차이 나는 광경에 관중들은 물론 카디널스의 벤치도 입을 벌리고 할 말을 잃었다.

"맙소사."

"저런 선수가 있었다니."

"김강현도 좋은 선수라고 생각했는데, 더 뛰어난 선수가 있을 줄은 몰랐어!"

"사이드암으로 던진다고?"

타자들은 이상진의 스리쿼터 스로로 냅다 꽂아 넣는 공에 대비하고 있었다.

그러다가 사이드암으로 의표를 찔러 왔다.

유려한 곡선을 그리며 위로 솟구치듯 날아오는 공을 마주하자 삼진으로 물러설 수밖에 없었다.

이상진의 공은 무척이나 사람을 헷갈리게 만들었다.

타자가 싫어하는 코스로 던지다가 갑자기 좋아하는 코스를 찔러 오기도 해서 타자들이 종잡을 수 없게 만들었다.

"스트라이크!"

게다가 바깥쪽과 몸 쪽, 스트라이크존의 위아래를 공략하면서도 존 안에 아슬아슬하게 집어넣는 피칭 스타일은 마치 스트라이크존에 스프레이를 골고루 뿌리는 듯했다.

"젠장. 이런 피칭을 할 수 있는 투수였나."

짜증 나는 걸 넘어서서 이건 사탄도 저리 가라며 고개를 내저을 수준이었다.

그렇다고 냉정을 잃는다면 오히려 이상진의 페이스에 말려들 뿐이었다.

이러지도 못하고 저러지도 못하는 사이에 벌써 7회가 넘어가고 있었다.

그리고 전광판에 드디어 하나의 숫자가 경신됐다.

*   *   *

―이상진 선수가 10개째의 삼진을 잡아냅니다!

―메이저리그 진출하고 처음으로 한 경기에서 10개의 삼진을

잡아내는 이상진!

국내 방송사들에게 이상진과 김강현, 둘 사이의 맞대결은 시청률을 위해서 꼭 해야 하는 중계였다.

국내 야구팬들 역시 메이저리그에서 벌어지는 맞대결에 주목했다.

"미쳤네."

"김강현도 김강현인데, 이상진은 몰라볼 정도인데?"

김강현이 메이저리그에 맞춰서 변한 것 이상으로 이상진의 변화는 눈에 띄었다.

야구 좀 볼 줄 안다는 사람들은 놀랄 정도였다.

"이상진이 저렇게 빠른 공을 던지는 선수였어?"

컵스의 벤치나 스카우터들이 이야기하는 대로 패스트볼의 구사 비율이 늘어난 것에 팬들도 놀라워했다.

투 스트라이크 노 볼인 상황에서도 빼지 않고 아웃 카운트를 잡으러 오는 적극적인 피칭.

던지면 웬만한 변화구 이상의 변화를 보여 주는 투심 패스트볼에 존을 통과하기 직전에 뚝 떨어지는 체인지업까지.

"메이저에 가더니 더 좋아졌어."

"패스트볼로 찍어 누르는 피칭이 가능한데 왜 한국에서는 안 했던 거지?"

"미쳤네, 미쳤어."

"와? 이러다가 160킬로미터도 찍어 보는 거 아니야?"

카디널스의 팬들은 이를 갈면서 컵스의 팬들이 환호하는 모습을 지켜봐야 했다.

"저 자식들이 좋아하는 꼴을 봐야 하다니."

"부시 스타디움에 오기만 해 봐라. 이상진이고, 컵스고 개박살을 내주마!"

이상진은 7회까지 95구로 완벽하게 틀어막았다.

팬들은 모두 여기에서 만족했다.

이상진 역시 교체된다고 해도 만족스러운 성과였다.

하지만 데이비드 로스 감독은 고개를 가로저었다.

"미스터 리로 계속 간다."

"괜찮겠습니까?"

"어제와 엊그제 경기에서 너무 많은 불펜을 소모했어."

이제 갓 10경기 정도 치렀을 뿐이었다.

로스터를 교체하며 불펜 투수를 교환하며 던지게 해도 됐다.

하지만 그것과 별개로 데이비드 로스 감독은 이상진의 투구를 더 보고 싶었다.

"미스터 리의 체력은 이미 증명된 것 아니었나?"

"한국에서도 9이닝을 소화하는 걸 밥 먹듯이 했죠."

"그래도 체력 관리를 해 줘야 하지 않겠습니까? 한국과 메이저의 차이가 있지 않습니까?"

시카고 컵스의 코치들은 이상진의 역량을 인정하고 있었다.

그것과 별도로 체력적인 면에 대해서는 걱정하는 바가 있었다.

한국에서의 기록에 따르면 9이닝동안 100구 이하로 던진 경기가 꽤 많았다.

하지만 지난번 다이아몬드백스와의 경기에서는 7이닝 동안 100구에 달하는 공을 던졌다.

걱정하지 않을 수 없는 수치였다.

"미스터 리의 요청이야. 오늘 경기에서 자신과 조나단은 스스로 요청하지 않는 한 교체하지 말아 달라더군."

"그런 말도 안 되는!"

"매니저의 권한에 이의를 제기한 것 아닙니까?"

데이비드 로스는 고개를 가로저었다.

면담을 요청해 온 이상진은 지난번 조나단의 교체 사유에 대해서 무척이나 담담하게 물었다.

그건 간섭을 하거나 혹은 월권을 하려는 게 아니었다.

그는 납득할 수 있는 요구를 원했고, 감독은 그 대답을 갖고 있었다.

요청 사항 역시 말 그대로 요청이었을 뿐이었다.

'다음 경기에서 저와 조나단은 요청이 없다면 교체하지 말아 주셨으면 합니다.'

이 말에 이유를 요구하자 대답은 바로 돌아왔다.

'저에게는 적응, 조나단에게는 재활. 이 정도 의미 부여는 될 것 같습니다.'

오늘 선보인 그의 실력은 메이저리그에 완벽하게 적응했다고 판단할 정도의 실력이었다.

지금 교체된다고 해도 3경기 22이닝 1실점의 성적이다.

0점대 방어율을 기록하는 만큼 누가 손가락질할 성적도 아니거니와, 오히려 박수를 쳐도 모자랄 정도였다.

데이비드 로스는 등판할 준비를 하는 이상진에게로 다가갔다.

"괜찮나, 미스터 리?"

"물론입니다, 감독님."

"투구 수가 좀 많은 것 같아서 다들 걱정하고 있네."

감독과 투수 코치, 벤치 코치의 얼굴을 돌아본 상진은 씩 웃었다.

왠지 한국에서 겪었던 한현덕 감독이나 동료들의 얼굴이 떠올랐다.

그때도 마찬가지였다.

걱정을 신뢰로, 우려를 확신으로 바꿨었다.

"그렇다면 이 자리에서 약속드리죠. 경기를 끝낼 때까지 2이닝 동안 단 하나의 안타도, 베이스 온 볼스도 내주지 않겠습니다."

8회와 9회를 완벽하게 틀어막겠다는 선언.

그리고 언제나 그렇듯 자신만만한 한마디가 덧붙여졌다.

"만약 타자가 출루하게 된다면 교체하셔도 불평하지 않겠습니다."

감독의 고개가 위아래로 끄덕여졌다.

이미 3경기 동안 쌓은 실적이 있었다.

자신의 실력에 저만한 자신감을 가지고 있는 투수를 믿어주는 것이야말로 감독의 본분이다.

"어?"

"뭐야? 아직도?"

"미스터 리가 등판한다고?"

그렇게 이상진은 8회 초 마운드에 다시 모습을 드러냈다.

$*$ $*$ $*$

"무리하는 거 아니냐?"

저승사자로서 모습을 감추고 마운드 옆에 나타난 영호는 심드렁한 목소리로 물었다.

7회까지 95구는 한국에서라면 별로 부담되는 투구 수가 아니었다.

하지만 이곳은 메이저리그.

공 하나하나가 가지는 무게감과 피로감이 전혀 달랐다.

"경험해 보는 것과 그렇지 않은 건 차이가 있으니까요. 그리고 조나단을 교체하지 말아 달라고도 부탁했어요."

"저 녀석한테도 필요한 일이라서?"

데이비드 로스 감독과 면담해서 얻어낸 대답은 바로 조나단의 체력 문제였다.

나이가 꽤 있는 편인 조나단은 이상진의 전담 포수로 투입되는 것만으로도 체력적인 소모가 심했다.

지금도 내색은 하지 않았지만, 더그아웃에서 마주친 그는 꽤나 지친 것처럼 보였다.

"전성기 때의 기량까지는 바라지도 않아요. 그래도 선발 로테이션에 맞춰서 포수로 올라와 9이닝을 버티는 것 정도까지는 해 줘야 하지 않겠어요?"

3 대 0으로 우위를 점하고 있다 해도 상진은 8회에도 등판을 했다.

뒤에 올라올 컵스의 불펜진을 믿지 못한 게 아니었다.

도자기를 만드는 장인도 처음부터 끝까지 자신의 손으로 흙을 다듬는다.

그리고 자신의 작품에 대해 책임을 진다.

경기라는 건 선발투수에게 있어서 하나의 작품을 만드는 작업이다.

상진은 이 경기에 대한 책임감으로 8회에도 등판했다.

"어차피 조나단이 할 일은 크게 없을 거예요."

"어째서?"

"제가 이름을 걸고 약속했거든요. 도루 저지 같은 일을 하지 않아도 된다고요."

해야 할 일은 그저 빠지는 공을 블로킹하거나 포수 본연의 프레이밍으로 볼인 공을 스트라이크로 바꾸는 정도뿐.

생각보다 좋은 타격을 보여 줘서 3할 대의 타율을 유지하는 건 덤이었다.

"그럼 9회까지 잘해 보자고, 파트너."

[메이저리그 첫 완투를 달성했습니다. 보너스 코인 10개가 지급됩니다.]

[메이저리그 첫 완봉승을 거두었습니다. 보너스 코인 10개가 지급됩니다.]

이상진의 첫 완봉승.

9이닝 4피안타 1볼넷, 그리고 12탈삼진.

라이벌전을 승리로 이끈 이상진의 첫 완봉은 리글리 필드를 뜨겁게 달구었다.

받고 더블로 가! (1)

「이상진, 김강현과의 맞대결에서 완봉승」

「3경기 만에 완봉, 체력에 대한 우려를 떨쳐 내」

「퍼펙트게임의 주인공, 메이저에서 성공적으로 정착해」

이상진의 승리는 한국인 메이저리거의 맞대결이라는 것 이상으로 주목받았다.

특히 메이저리그에서 완봉승을 거두었다는 사실은 팬들을 고무시켰다.

그동안 이상진이 메이저리그에서 7이닝, 8이닝을 소화하면서도 완투완봉을 하지 못해서 무척이나 아쉬워하던 팬들이었다.

그걸 일거에 해소해 준 이상진의 활약은 한국 팬들을 열광시

켰다.

—메이저에서 완봉! 엄청난데? 이걸 해내냐?

ㄴ아무튼 체력적으로 문제가 없다는 거잖아?

ㄴ확실히 이상진은 철인이야, 철인. 9이닝 동안 저렇게 철벽같이 막아 내냐.

ㄴ그런데 토니 스미스는 누구냐? 이상진이 고생하던데?

ㄴ어차피 듣보잡이야.

—네가 드디어 완봉을 해내는구나!

ㄴ그런데 유형진하고는 올해 맞대결 없나? 둘이 무실점으로 완봉대결하면 재밌겠다.

ㄴ없을걸?

ㄴ일정 안 보냐? 8월에 있거든?

메이저리그에서도 한국인 투수가 완봉승을 거둔 것을 기사화하며 홈페이지 메인에 걸어 놓기까지 했다.

메이저리그에서 완봉승은 하나의 기록으로 남는다.

그리고 메이저리그 관계자들은 기록이 쌓이는 것이 곧 역사가 쌓인다고 생각하며 그것을 대대적으로 다뤘다.

"미스터 리!"

"미스터 리! 한마디만 해 주시죠!"

메이저리그의 로커 룸은 한국처럼 폐쇄적이 아니었다.

허가된 시간에는 기자들이 자유롭게 드나들기도 했고, 선수들도 그걸 대수롭지 않게 여겼다.

게다가 인터뷰도 로커 룸에서 주로 이루어진다.

"다들 생각보다 빨리 오셨네요."

상진은 이미 몇 경기 치르며 이런 광경을 봤기에 미리 대비해 두고 있었다.

가볍게 땀을 닦고 옷을 갈아입고 여유로운 모습으로 기자들을 맞이한 상진의 모습은 완벽해 보였다.

"오늘 완봉승을 거두셨는데 기분이 어떠신가요?"

"매우 만족스럽습니다."

지난번 인터뷰에서 완봉을 못 한 것에 불만을 표출했던 상진이었다.

그래서 기자들은 이런 반응이 놀랍지 않았다.

"카디널스의 타선은 어땠다고 생각하십니까?"

"오늘 제가 무실점으로 막아 냈다고 해도 카디널스의 타선은 메이저리그의 선수들인 만큼 놀라울 정도의 기량을 보여 줬습니다. 쉽지는 않았습니다."

폭풍전야.

이상진을 아는 사람들은 지금의 인터뷰를 조마조마한 심정으로 바라봤다.

이상진은 마음에 들지 않는 질문이 없다면 무난하게 인터뷰를 끝마친다. 하지만 조금이라도 거슬린다면 도발적이고 폭발적인 말이 튀어나온다.

이걸 고작 4개월 만에 파악한 컵스의 관계자는 물론 옆에서 지켜보던 영호도 같은 심정이었다.

'제발 자극하지만 마라!'

하지만 여기는 메이저리그. 좋은 의미로든 나쁜 의미로든 논란거리를 좋아하는 곳이었다.

자극적인 질문이 나오지 않을 수가 없었다.

"지난번에 하셨던 발언이 메이저리그의 다른 선수들을 자극했다는 이야기가 있는데, 이거에 대해서는 어떻게 생각하시나요?"

"지난번에 했던 말요?"

입꼬리가 쓱 올라간다.

눈꼬리가 파르르 떨리면서 눈빛이 살짝 사납게 바뀌었다.

저게 어떤 전조인지 아는 영호가 급히 끼어들려고 했다.

하지만 상진이 조금 더 빨랐다.

"재미있네요. 어떤 선수들이 자극받았는지 궁금한데요? 대체 누가 자극받았다고 하나요?"

"대부분의 선수들이……."

"지난번 디백스와의 경기에서 1실점 한 건 변명하지 않겠습니다. 실책이 있었다고 해도 그건 제가 커버하지 못했기 때문이니까요. 하지만 점수를 내는 건 타자의 몫 아닙니까?"

망했다.

영호는 상진의 목소리가 높아지는 걸 느끼며 속으로 한숨을 내쉬었다.

'저놈은 실력이 늘어나면 늘수록 미친놈이 되는 거 같다니까.'

컵스의 선수들은 모조리 웃으면서 상진의 인터뷰를 구경하고 있었다.

재미있지 않을 수가 없었다.

적어도 상대 팀의 모든 어그로가 이상진에게 끌리는 만큼 자신들은 상대적으로 편하기 때문이었다.

"자자, 이만하시죠. 인터뷰가 너무 자극적이 되는 것 같네요."

허겁지겁 컵스의 코치들이 끼어들었지만 이미 때는 늦었다.

예전부터 이상진에게 좋지 않은 평가를 내렸거나, 지난번 인터뷰를 악의적으로 왜곡했던 기자들은 이미 열심히 수첩에 약식 기사를 적고 있었다.

거기에 이상진은 기름을 뿌렸다.

"제 말에 자존심 상해하기 전에 우선 저한테 승리를 거둬 보는 것부터가 순서가 아닐까요?"

                    *   *   *

「이상진, 나에게 할 말이 있다면 내게 승리를 거둔 다음에 하라」
「패자는 말이 없다, 이상진의 승리우선주의」

건방지다고 해도 할 말이 없는 인터뷰에 미국은 물론 한국도 경악했다.

인터넷은 순식간에 달구어졌고 네티즌들은 기름에 산 채로 튀겨지는 새우와 같이 난리를 쳤다.

—이런 미친 새끼가 나불거리는 것 좀 보소?
—할 말이 있고 하지 말아야 할 말이 있지?
—지금 같은 페이스가 영원할 것 같냐?

카디널스 팬들부터 시작해서 이상진에게 패배한 파이리츠,
다이아몬드백스의 팬들은 일제히 반발했다.

하지만 다른 팀의 팬들은 건방지다며 비난한다고 해도 강 건
너 불구경 중이었다.

그들 중에는 직접 맞붙지 못하는 팀들의 반응은 심드렁했
다.

—대체 저딴 투수한테 점수를 못 뽑아내는 팀은 어디냐? 메이
저에 있지 말고 내려가라.

—진짜 부끄럽다. 같은 메이저리그의 팀이라고 하기도 부끄러
워서 죽어 버리고 싶다.

이런 식의 반응이 계속되다 보니 오히려 패배한 세 팀에 대
한 여론이 악화되기 시작했다.

무엇보다 라이벌 팀의 투수에게 완봉패를 당한 세인트루이
스 카디널스에 대해서는 내부와 외부적으로 전부 난리였다.

—김강현의 투구는 매우 훌륭했고 기대했던 만큼이었어.

—그런데 타선은 뭐냐? 대체 왜 상진 리를 털지 못하는 건데?

—그만큼 대단한 투수였다는 거잖냐

└너 뭐냐? 왜 다른 팀 투수를 칭찬해? 컵스냐?

└컵스면 어쩔 건데?

└이 새끼 컵스 맞네?

이 와중에 카디널스와 컵스 팬들끼리 온라인에서 또 충돌이 일어났다.

이 모든 사태를 일으킨 상진은 여전히 심드렁한 반응이었다.

데이비드 로스 감독은 이마를 짚고 한숨을 쉬면서도 입가에는 미소를 머금고 있었다.

"하여튼 일 만드는 데는 선수라니까."

영호는 진절머리 난다는 표정으로 한숨을 쉬었다.

하지만 이미 물은 엎질러진 상황. 게다가 시카고 컵스의 관계자는 물론 팬들과 선수들마저 즐거워하고 있었다.

팀원들 사이의 결속력은 오히려 전에 없을 정도로 강화됐다.

"왜요? 어쩌라고요? 화났어요?"

"화낼 기운도 없다."

이미 뜨겁게 달구어진 인터넷을 어찌할 도리가 없었던 영호는 휴대폰이 울리자 한숨을 푹 쉬었다.

흑월 사자에게서 온 연락을 받으면서 영호가 밖으로 나가자 조나단이 다가와서 낄낄거렸다.

"네 매니저도 이제 달관한 것 같은데?"

"이쯤 됐으면 면역이 생겨도 될 텐데 말이야."

"이런 거에 면역 생기면 큰일이지. 그런데 감독이 너 찾더라."

"왜?"

오늘 경기는 완봉승으로 만족스럽게 끝났고 그에 대한 칭찬은 이미 아까 끝마쳤다. 이제 집으로 돌아갈 시간인데, 굳이 자신을 찾을 일은 없었다.

"그거야 모르지. 오늘 있는 일 때문에 감독도 골치 아파서 그러는 거 아닐까?"

"부러우면 너도 그렇게 인터뷰 하든가."

"오! 노! 절대로 무리야. 나는 너만큼 배짱이 두둑하지가 않아서."

상진의 인터뷰가 무척이나 마음에 들었던 조나단은 여전히 낄낄거리며 감독실로 가는 그의 투수를 배웅했다.

시카고 컵스의 감독실은 선수단 로커 룸과 그다지 멀지 않은 곳에 있었다.

걸어서 30초도 걸리지 않는 감독실로 가자 그곳에는 코치들과 데이비드 로스 감독이 있었다.

"왔나? 이쪽으로 와서 앉지."

코치들이 나가고 단둘이 남게 되자 데이비드 로스 감독은 시가를 하나 꺼내다가 다시 품 안에 집어넣었다.

"은근히 이것도 버릇이라서 미안하네."

"아닙니다. 그런데 무슨 일입니까?"

"자네의 인터뷰는 변함이 없더군."

이렇게 말하는 데이비드 로스 감독의 입가에는 미소가 걸려 있었다.

그만큼 이상진의 인터뷰는 그에게 무척이나 신선하고 자극적이었다.

무엇보다 라이벌 팀을 비롯해서 다른 팀을 디스하는 건 재미있었다.

"웃고 계신 걸 보니 재미있으셨나 봅니다."

"푸하하, 무척이나 재미있었네. 그리고 통쾌하기까지 했지."

"내일이 걱정되지는 않으신가 보네요."

"내일? 3연전이니까 내일이 걱정되나? 그런 걸 걱정하는 투수인 줄은 몰랐군."

데이비드 로스 감독은 이미 벤치 클리어링 정도는 각오하고 있었다.

꼭 라이벌 팀인 카디널스를 자극했다는 것만이 아니었다.

굳이 이상진 때문이 아니라고 해도 어찌 되었든 1년에 몇 번씩은 해야 하는 게 벤치 클리어링이었다.

굳이 피할 일도, 이유도 없었다.

"뒷일을 생각하는 걸 보니 앞으로는 어쩔 셈이지?"

"이기는 것만 생각하고 있습니다."

"명쾌한 해답이군. 그래도 다른 팀에서 충돌을 시도해 올지도 모르지."

"뭔가 해 오면 되돌려 주는 게 메이저리그의 방식 아닙니까?

빈볼도 불사할 생각입니다."

무척이나 만족스러운 대답이었다.

점수를 따내고 승리를 거두는 자만이 비판할 권리가 있다는 자신감도 마음에 들었다.

"고대 로마부터 현대까지 승리한 사람만이 곧 정의였지. 물론 휴스턴처럼 비열한 수를 써서 승리하는 건 말도 안 되는 짓이지만."

"동감입니다."

"그러면 단도직입적으로 이야기를 하지. 구단 측에서는 미스터 리가 옵션을 채우는 걸 곱게 생각하지 않는 사람이 많아. 게다가 라이벌이라고 해도 다른 팀과 트러블을 일으키는 걸 마음에 들어 하지 않지."

나름대로 짐작했던 일이었다.

이상진의 옵션은 선발 5경기 동안 일정 수치 이하의 성적을 거두었을 때부터 시작이다.

괜한 지출을 꺼리는 구단 측에서는 이상진이 최대 옵션을 달성할 경우 줘야 하는 1,200만 달러라는 금액이 부담스러웠다.

"감독님께서는 어떻게 하고 싶으십니까?"

무척이나 담담한 어조였다.

구단에서 그런 생각을 가지고 있다는 사실에 분노하지도 않았고, 그렇다고 의견을 내보이지도 않았다.

선수 기용은 감독의 권한이며, 선수에게 그것에 대해서 관여할 권리는 없다.

"나는 성적을 내는 게 의무이자 목표인 자리에 있다네. 돈을 얼마나 주는지에 대해서 생각할 이유는 없지."

"그러면 제게 왜 이런 이야기를 해 주시는 겁니까?"

"나는 미스터 리가 그들을 설득할 만한 실력을 갖추고 있다고 생각하기 때문이지."

상진의 입꼬리가 슬쩍 올라갔다.

설득할 만한 실력을 갖추고 있다.

그 말은 감독이 자신을 얼마나 신뢰하고 있는지를 보여 주고 있었다.

"엡스타인 사장님이나 호이어 단장님, 그리고 나는 자네의 계약에 찬성하는 입장이네. 하지만 다른 관계자들은 이럴 거였으면 차라리 계약을 하지 않았으면 하는 생각이네."

이번에 좋지 않은 이야기를 꺼낸 사람들은 자신이 시카고 컵스에 들어오는 데 의구심을 품은 사람들일 것이다.

"그러면 옵션 발동까지 남은 두 경기 동안 최고의 성적을 보여드리면 되겠군요."

최고의 성적으로 반대파의 입을 다물게 한다.

그것으로 실력에 대한 의심을 싹 걷어 내고 명실상부한 에이스로의 자리에 군림한다.

메이저리그에서도 최고의 위치에 올라가기 위한 첫 번째 관문이었다.

"자신 있나?"

"괜히 관계자들을 성적으로 납득시키려고 하지 않아도, 제

자신을 위해서는 어차피 해야 하는 일이었습니다."

자리에서 일어난 이상진은 감독실의 문고리를 잡았다.

그걸 비틀고 밖으로 나가려던 찰나, 뒤에 앉아 있는 데이비드 로스 감독의 목소리가 들렸다.

"남은 두 경기를 7이닝 무실점으로 막아 내는 것, 어떤가?"

그 정도는 아무것도 아니었다.

"받고 더블로 가죠."

감독의 말에 상진은 씩 웃으면서 대답했다.

"두 경기 전부 혼자 틀어막겠습니다. 어떻습니까?"

*   *   *

카디널스와의 경기를 마치고 돌아온 상진의 분위기는 왠지 모르게 미묘했다.

그러면서도 손은 계속 과자를 집어 먹는 게 본능적인 식탐은 여전해 보였다.

미국에 마련해 둔 집에서 음식을 준비하고 있던 영호는 힐끔거리며 상진을 바라봤다.

"대체 왜 똥 마려운 똥강아지처럼 낑낑대면서 그러고 있냐?"

"야구는 참 복잡한 거 같아서요."

영호는 눈을 동그랗게 떴다.

상진을 알고 지낸 지 1년 반이나 됐지만 이런 철학적인 이야기는 처음 들어 봤다.

게다가 야구가 참 복잡하다니.

"네가 그런 말을 할 때가 있냐?"

"저도 가끔은 그런 고민을 합니다."

"먹는 거만 생각하는 줄 알았지."

"그것도 맞죠. 먹어야 사는 거 아니겠어요?"

상진은 영호의 농담을 아무렇지도 않게 받아넘기면서 투덜거렸다.

자신의 성적, 그리고 구단의 성적을 생각하는 건 물론이고 팀원들의 세세한 상태까지 신경 써야 한다.

포수가 그라운드의 사령관이라고 불리지만, 그라운드의 중심에 있는 건 투수였다.

"팀에 대해서 아직도 정보가 부족해요. 지난번에 있었던 실점은 실책 때문에 나오기도 했고, 교체된 포수하고도 손발이 맞지 않았으니까요."

"그런 것까지도 신경을 쓰게?"

"조나단에게 전부 떠넘기고 있을 수는 없잖아요."

경기에 관한 전반적인 걸 누구 하나에게 부담하는 건 성미에 맞지 않았다.

게다가 포수는 센터 라인에서 가장 핵심적인 포지션이자 수비 부담이 어마어마했다.

수비 위치를 조절해 주며 벤치의 사인을 전달해 주고, 주자가 쇄도하면 온몸으로 막아 내야 한다.

조나단의 실력이 어느 정도 올라오고 있음은 인정해도 그는

86년생의 선수였다.

보호구를 착용하고 9이닝을 전부 버티기에는 체력적인 부담이 있었다.

"그리고 호크스에 있던 시절하고 비교해서 팀원들에 대해 파악할 시간이 부족했어요. 조금 더 알아야지 이 팀의 전력을 효율적으로 이끌어 나갈 수 있으니까요."

"나중에 네가 감독 해먹어라. 어떻게 된 놈이 전력 분석팀보다 더해?"

충청 호크스에서는 10년이라는 시간 동안 함께해 왔다.

그들의 잠버릇은 물론, 밥 먹고 씻으며 어떤 더러운 버릇을 가지고 있는지도 알 수 있을 정도의 시간이었다.

하지만 시카고 컵스의 선수들과는 이제 반년도 채 함께하지 않았다.

서로에 대해 신뢰를 해도 그들에 대해 속속들이 알지는 못했다.

"지피지기면 백전불태. 이 말은 결코 틀린 적이 없으니까요."

지금 상진이 보고 있는 영상은 전부 시카고 컵스의 플레이 영상이었다.

이걸 확인하는 이유는 애리조나 다이아몬드백스와의 경기에서 8회 때 나온 실책 때문이었다.

처음에는 실책이었지만, 결국 상진도 자책점을 가져가야 했었다.

"조나단 외의 다른 포수하고도 호흡을 맞출 수 있는 일이니까 준비도 해 둬야겠죠."

조나단의 체력이 완벽하지 않은 지금, 언제 어떻게 상황이 바뀔지 알 수 없었다.

게다가 메이저리그는 한국이나 일본에 비해 로스터의 변동이 심하다.

나중에 다른 포수와 배터리를 짤 생각도 해 두는 편이 나쁘지 않았다.

"그런데 토니 스미스는 어땠냐?"

장난스럽게 건넨 말에 상진의 어깨가 움찔거렸다.

천천히 자신을 돌아보는 상진의 얼굴은 귀신 그 이상이었다.

"듣고 싶어요?"

"당연히 듣고 싶지."

귀신 이상이라고 해도 영호는 귀신 잡는 저승사자였다.

아무리 상진이 괴상한 표정을 지어도 딱히 무서워하지도 않았고 오히려 싱글벙글 웃었다.

"짜증 났어요."

"그것뿐이야? 예전에 다른 선수들에 대해서는 이것저것 감상을 늘어놓더니."

"더 늘어놓고 싶지도 않아요."

생각보다 너무 담백하고 간단했다.

영호는 상진이 토니 스미스에 대해 이야기하는 걸 껄끄러워한단 사실을 바로 간파했다.

"확실하게 짓밟지 못해서 그런 거냐?"

"당연한 말이죠! 그놈은 스킬을 썼는데도 그걸 건드렸다고요! 확실하게 삼진으로 처리하지 못하면 내 자존심은 금이 간 채로 있을 겁니다!"

여태까지 그 누구도 건드리지 못했던 공이었다.

심지어 조나단은 블로킹조차 제대로 하지 못하고 흘릴 정도였다.

그런데 내야플라이 아웃이 되긴 했어도, 그걸 건드렸다는 사실이 참을 수 없을 정도로 짜증스러웠다.

"그래서 카디널스의 감독이 예리했어요. 한 번만 더 승부해서 아웃을 잡아냈다면 다음부터 저를 볼 때 오줌을 질질 흘리게 만들어줄 수 있었는데. 그때 교체해 버리는 바람에 쐐기를 박지 못했죠."

시스템을 보유하고 있다는 사실에서 동질감을 느끼며 타석과 마운드에서 마주한 순간, 동질감은 동족 혐오로 바뀌었다.

"이번에 확실하게 짓눌러 놨다면 앞으로가 편했을 텐데. 다음에는 멘탈 회복해서 또 덤비겠네요."

"게다가 경험으로 삼아서 웬만큼 짓밟아도 다시 일어설걸? 동기 부여 차원으로 좋지 않을까?"

자극이 되는 상대가 있다는 건 좋은 일이다.

하지만 토니 스미스는 자극이 아니라 스트레스였다.

"동기 부여라는 게 좋기는 한데, 이런 동기는 사양하고 싶네요."

언제나 승리를 추구하는 상진에게 있어서 제압할 수 없는 타자가 있단 사실은 어찌할 도리가 없는 장애물처럼 느껴졌다.

"다음에는 오늘보다 더 철저하게 짓밟겠어요."

승부를 즐기지 않고 승리를 추구한다.

이것이 토니와 이상진의 유일한 차이점이었다.

＊　　　　　＊　　　　　＊

워싱턴 내셔널스.

팀명만 놓고 본다면 아무렇지 않을 듯하지만 2020년 시즌에는 이들 앞에 하나가 더 붙는다.

디펜딩 챔피언.

그들은 바로 2019년 메이저리그 월드 시리즈에서 살아남은 최후의 승자였다.

헤라르도 파라의 리더십을 바탕으로 하나로 뭉친 워싱턴 내셔널스는 월드 시리즈에서 게릿 콜과 저스틴 벌렌더를 격파하며 승기를 잡고 우승을 확정지었다.

비록 앤서니 랜던과 헤라르도 팀을 떠났다고 해도 우승 전력의 대부분은 팀에 남아 있었다.

게다가 내야수와 불펜진을 충분히 보강한 워싱턴은 올해 또다시 우승을 정조준하고 있었다.

"미스터 리? 이번에 메이저리그를 씹어 댔다는 그 선수?"

37번의 등번호를 달고 있는 스티븐 제임스 스트라스버그.

줄여서 스티븐 스트라스버그는 자신과 맞붙을 시카고 컵스의 투수를 확인하고 빙그레 웃었다.

"그딴 선수가 활개 치도록 놔두는 게 잘못이지. 다른 팀들은 대체 뭘 했길래 그딴 소리가 나오는 거야?"

"나도 이해가 안 간다니까. 어이, 에릭. 한국에서 그 투수 본 적이 있지? 어땠어?"

이번에 워싱턴 내셔널스로 이적한 에릭 테임즈는 몇 년 전 한국에서의 이상진을 떠올리면서 씩 웃고는 고개를 가로저었다.

"개판이었어. 나한테 두 경기 연속 홈런을 맞고 울먹거리던 게 아직도 눈에 선한데?"

"푸하하하! 그런 선수가 메이저까지 왔다고? 여기 질도 참 안 좋아진 것 같네."

작년 우승 팀 선수들로서의 프라이드는 하늘을 찌를 듯 높았다. 그리고 그들은 그 자존심을 충족시킬 만한 실력도 갖추고 있었다.

최고의 자리에 올라갔던 그들에게 있어서 웬만한 선수들은 눈에 차지 않았다.

"그래도 3경기 동안 1실점만 한 투수니까 방심은 금물이겠지. 어이, 타자들. 확실하게 준비해 두라고."

"너네나 컵스의 찌질이들한테 처맞지 말고, 실점이나 하지 마."

내셔널스의 선수들은 서로 낄낄거리면서 시카고 컵스와의 경기를 준비하기 시작했다.

그들에게 있어서 아무리 좋은 페이스로 공을 던지고 있다 한들, 이상진이라는 한국인 투수는 안중에도 없었다.

*   *   *

메이저리그 2020시즌은 잔잔하면서도 화끈하게 흘러갔다.

시작은 작년 사이 영 상 1, 2위를 차지했던 제이콥 디그롬과 유형진의 행보였다.

최고 구속 100마일까지 던지는 디그롬은 지난 시즌의 시작처럼 어설프지 않았다.

그리고 유형진 역시 토론토로 이적하고 나서도 작년의 실력을 유감없이 발휘했다.

─역시 한국인이라면 유형진을 응원해야지
─믿을맨은 유형진뿐이야!
─이상진도 잘 던지고 있다고!

이상진, 유형진, 김강현의 투수 트리오가 나란히 활약하는 가운데, 추진수, 강성호와 같은 타자들도 일제히 성적을 내기 시작했다.

한국인 메이저리거들이 불러일으킨 붐이었다.

특히 이상진이 기록하고 있는 0점대 평균 자책점은 센세이션에 가까웠다.

「이상진, 3경기 24이닝 1실점, 메이저리그 평균 자책점 1위」
「이상진, 98마일의 패스트볼 선보여, 100마일에 도전한다」

연일 한국에서 이상진에 대한 기사들이 쏟아졌다.

하지만 막상 주인공인 이상진은 별로 만족스러운 얼굴이 아니었다.

특히 100마일에 대한 언급이 거슬렸다.

섀도 피칭을 하면서 폼을 꼼꼼하게 살펴보던 상진은 한탄하듯 내뱉었다.

"역시 아직 100마일은 무리인가."

그 말에 조나단은 어처구니없다는 표정을 지었다.

"100마일이 무슨 애들 장난 같은 얘기냐? 너는 평균 패스트볼 구속이 96마일(155킬로미터)을 유지하는 것만으로도 만족해야 해."

"너는 네 실력에 만족해 본 적이 있나?"

갑작스러운 질문에 조나단은 흠칫 놀랐다.

생각해 보면 늘 부족한 부분만 찾았지, 막상 실력에 만족해 본 적은 단 한 번도 없었다.

조나단이 머뭇거리자 상진은 피식 웃으면서 섀도 피칭을 했다.

"대답하지 않는 걸 보니 알겠네. 누구나 그렇잖아? 자신의 실력에 만족하는 순간은 바로 퇴보로 이어지니까."

이번에 자신이 카디널스와의 1차전에서 승리를 거두었다고 해도 이어진 2차전에서 애덤 웨인라이트에게 일격을 당했다.

3차전에서 승리를 거둬 전적은 2승 1패로 우위를 점했지만, 뼈아픈 한 판이었다.

그래서 이상진은 더욱 자신을 가다듬었다.

"쳇, 그래. 내 실력에 만족해 본 적은 없지. 그런데 너는 이미 메이저리그에서 최정상급 투수야."

"웬일로 칭찬이냐?"

"나도 인정할 건 인정하니까. 네 패스트볼은 물론 변화구에 타자와의 심리전까지. 너는 훌륭해. 트라웃이 와도 네 공은 치기 어려울 거다. 하지만 100마일은 달라. 그건 선택받은 신체를 가진 선수들만이 가능한 일이야."

100마일, 160킬로미터.

조나단의 말대로 축복받은 신체를 가진 선수들만이 던질 수 있는 영역이었다.

한국에서도 160킬로미터의 공을 던진 선수는 지금 은퇴한 임정용 정도였다.

이건 트레이닝이나 다른 조건 때문이 아닌, 타고난 유연성을 갖춰야 가능한 일이었다.

"그건 두고 봐야 할 일이지. 어때? 내가 다음 경기에 160킬로미터를 찍는다에 내기해 볼래? 한 끼 배부르게 먹는 식사 내기로."

그 말에 조나단은 흠칫 놀라며 한 걸음 물러섰다.

시카고 컵스 안에서 이상진이 음식으로 내기하자고 하면 절대로 하지 말라는 암묵적인 룰이 있었다.

그 룰을 만든 게 조나단인 만큼 결코 응할 생각이 없었다.

'하지만 해볼 만하지 않을까?'

숱한 선수들이 160킬로미터에 도전해 봤지만 그 영역까지 도달한 사람은 몇 없었다.

메이저리그에서도 채프먼이나 디그롬 같은 선수들만이 성공했으며 동양인 선수 중에는 거의 없었다.

게다가 지난번 카디널스와의 경기에서 기록한 최고 구속은 98마일(157킬로미터).

단숨에 2마일이나 되는 구속을 끌어 올릴 수 있냐고 속으로 되물어보던 조나단은 바로 외쳤다.

"콜!"

"콜? 도망치는 거 없는 거다?"

"내가 내기한다고 도망치는 것 봤냐?"

"좋아. 이번에는 워싱턴 내셔널스하고 붙지? 거기 근처에 맛있는 음식점이 뭐가 있는지 한번 봐야겠다."

이상진은 내기가 성립하자 콧노래를 부르면서 연습을 재개했다.

내기 내용에 아무런 부담도 느끼지 않는다는 표정이었다.

'젠장. 혹시 이번에도 똥 밟은 건가?'

왠지 말도 안 되는 내기에 발을 들여놓은 기분에 조나단은 등골이 오싹해졌다.

볼티모어와의 2연전을 모두 승리로 장식한 컵스는 14승 4패로 지구 선두로 뛰어올랐다.

그 가운데 3승을 거두고 있는 이상진이 가장 독보적이었다.

3경기 동안 1실점을 한 데 이어, 0점대 방어율과 매 경기마다 이닝을 소화하는 것까지.

나무랄 데가 없었다.

게다가 24이닝 동안 안타는 11개에 볼넷은 4개로 WHIP 수치가 0.625밖에 되지 않았다.

이닝당 출루 허용률이 미친 듯이 낮았기에 수비하는 컵스의 선수들도 편했다.

"이번에 내셔널스와의 경기에서 스티븐 스트라스버그와 상대해야 합니다."

"알고 있습니다."

"전담 포수로서 여기에 맞설 미스터 리, 상진 리의 투수로서 장점은 뭐라고 생각하십니까?"

"미스터 리의 장점요?"

느긋하게 대기하고 있다가 느닷없이 들이닥친 기자들에게 질문을 받고 조나단은 황당한 표정을 지었다.

"좋은 투수죠."

"그것뿐인가요?"

조나단의 눈썹 사이에 주름이 생겼다.

자신을 전담 포수로 지명한 투수에 대해서 뭔가 말하고 싶어서 입이 근질거렸다.

잠시 말을 고른 조나단은 대수롭지 않게 말했다.

"구속도 좋고 구위도 좋고 구종도 다양하고. 이런 선수를 좋은 투수라고 하겠죠."

"그래도 굳이 장점을 꼽는다면 뭐가 있을까요?"

"지금 장난하자는 겁니까?"

그래도 반복되는 질문에 조나단은 불편한 심기를 드러냈다.

기자들이 무척이나 끈질기다는 사실은 예전부터 잘 알았지만, 오늘따라 유독 심했다.

누구에 대한 질문이 반복되는지 보면 그 대답은 이미 나와 있었다.

'이 자식은 자리에 없어도 민폐라니까.'

당사자가 있으면 어떻게든 떠넘기고 도망갈 텐데, 지금은 이도 저도 안 된다.

오늘 경기를 준비하겠다며 영상 분석을 위해 어디론가 숨어 버린 이상진을 원망하며 조나단은 뒷머리를 긁적였다.

그때 문득 떠오른 생각에 조나단은 피식 웃었다.

"많이 먹고 많이 쌉니다."

"예?"

"코끼리와 같은 투수죠. 덩치가 조금만 더 컸다면 별명은 코끼리가 됐을 겁니다."

투수로서의 장점을 물었더니 많이 먹고 많이 싼다는 대답이 돌아왔다.

기자들은 전혀 생각하지 못한 황당한 대답에 당혹스러운 표정이 됐다.

게다가 코끼리 같다니.

이걸 어떻게 기사로 만들어야 하는지 감도 잡히지 않았다.

"코끼리처럼 묵직한 구위를 가지고 있다는 뜻이죠?"

"예?"

"코끼리처럼 많이 먹고 많이 싸면서 묵직하고 파워가 있으며 화가 나면 말릴 수 없는 투수라는 거군요."

"What?"

하지만 개중에 센스 있으면서 엉뚱한 기자도 있게 마련이었다.

자기 좋을 대로 해석하는 기자의 말에 이어 다른 기자들도 질문을 던지면서 좋든 싫든 대답을 다른 뜻으로 해석하기 시작하자 조나단의 표정은 황당함으로 바뀌었다.

"그런데 기자 여러분, 하나만 물읍시다. 대체 그놈이 뭐가 좋다고 이 난리들입니까?"

"다를 게 있나요? 기삿거리가 나오니까 이러는 거잖습니까."

기자들은 낄낄거리면서 대답했다.

이상진에 대해 절대로 좋은 말을 해 줄 생각이 없었던 조나단은 답답한 표정을 지었다.

"그런데 이상진 선수의 옵션 조건에 대해서 조나단 선수도 아시나요?"

"무슨 옵션 말입니까? 걸려 있는 옵션이 하도 많아야죠. 우리 집 아버지가 술 안 마시겠다고 쓴 각서도 그것보다는 적을 겁니다."

답답해서 한 말이었지만 기자들은 전부 농담으로 알아듣고 다시 웃음을 터뜨렸다.

그만큼 로커 룸에서의 인터뷰는 장난스럽게 흘러가고 있었다.

뒤에 있는 선수들은 익살스러운 표정을 짓기도 하고 소리 없이 으르렁거리면서 동물 흉내를 내기도 했다.

"선발 5경기 동안 0점대 방어율을 기록하면 마이너리그 거부권과 추가 옵션들이 발동한다더군요."

"그건 이미 들어서 알고 있습니다."

"남은 두 경기 동안 과연 미스터 리가 이걸 달성할 수 있을까요?"

"그걸 말이라고 합니까?"

5번째 경기는 샌디에이고 파드리스가 될 가능성이 컸다.

스몰 마켓인 데다가 통산 승률이 전체 구단 중 꼴찌인 구단인 만큼 이상진의 승리에 이견은 없었다.

무엇보다 펫코 파크는 투수 친화적인 구장으로 유명해서 이상진이 마음만 먹으면 완봉승도 가능해 보였다.

문제는 바로 내일 벌어질 워싱턴 내셔널스와의 경기.

작년의 우승 팀이자 선수들의 신구조화가 잘되어 있는 그들과의 경기가 고비였다.

"내가 전담하는 투수는 그럴 역량이 충분히 있다고요."

*   *   *

「코끼리 같은 투수 이상진, 메이저리그를 짓밟을까」

「많이 먹고 많이 싸는 게 장점인 투수 이상진, 더그아웃에서도 늘 무언가 먹고 있다」

「스티븐 스트라스버그, 코끼리는 초식동물이라 때려잡기 쉽다」

뉴스를 훑어보던 상진은 고개를 돌려 조나단을 바라봤다.

"대체 인터뷰를 어떻게 한 거냐?"

"기자들이 잘못한 거지, 내가 잘못한 건 없어!"

"하여튼 뭔가 말했으니까 이렇게 썼겠지."

억울하긴 했어도 조나단으로서도 할 말은 없었다.

기자들이 본래의 뜻을 왜곡하긴 했어도 분명히 코끼리 같다는 말은 했으니까.

게다가 돌아온 반응이 너무 웃겨서 차마 할 말이 없었다.

"워싱턴에서 아주 배꼽을 잡고 웃더라. 코끼리 사냥하러 온다고. 내가 어딜 봐서 코끼리같이 생겼냐?"

"코끼리같이 생기진 않았어도 코끼리보다 많이 처먹긴 하지. 네가 사람이냐?"

지난번에 펍에서 털렸던 걸 떠올린 조나단은 몸서리를 치며 핀잔을 주었다.

이번에도 내기를 하긴 했지만 내심 불안하긴 마찬가지였다.

'설마하니 100마일을 찍을까. 에이, 그럴 리 없지.'

그래도 불안한 마음에 샌디에이고에 있는 값싼 음식점을 검색해 보기도 했었다.

만약 내기에서 지는 불상사가 일어난다면 최대한 싸면서 양 많은 음식점으로 골라가서 먹어야 했다.

그것과 별개로 이상진은 자신의 구속에 대해 신경 쓰고 있었다.

제구력은 이미 최대치를 찍어서 경기 중에 실투는 거의 찾아볼 수 없었다.

체력 수치는 110을 돌파하며 부담을 거의 느끼지 않았다.

문제는 바로 구속.

'언제부터인가 구속이 오르지 않게 됐어.'

영호는 시스템이 할 수 있는 건 그 사람의 잠재 능력을 끌어올려 주는 거라고 말했다.

그렇다면 이건 한계에 가까워졌다는 뜻일지도 모른다.

곰곰이 생각해 보던 상진은 피식 웃으면서 시스템을 껐다.

'여태까지 해 왔던 일은 전부 한계를 극복하는 일이었다.'

부상을 당해 재활하면서도 어떻게든 야구 선수로 살아남기 위해 몸부림쳤다.

끌어내려진 자신을 다시 끌어올리기 위해 엄청난 노력을 기울였다.

도저히 뛰어넘을 수 없는 한계를 어떻게든 뛰어넘기 위해 매일매일을 지옥처럼 지내야 했다.

'내가 그 선수들하고 비교해서 못한 게 뭔데?'

축복받은 신체? 아니면 타고난 야구 지능?

메이저리그에 진출하고 그런 선수들을 숱하게 마주하면서 느낀 건 누구나 노력하고 있단 점이었다.

지금도 자신이 식단을 관리하고 근육량을 조절하며 유연성을 기르는 것과 마찬가지였다.

노력하지 않는 사람이 있다면 그 사람은 아마 내년부터 메이저리그에서 볼 수 없다.

그래서 이곳에는 노력하지 않는 자는 아무도 없었다.

두 경기까지 갈 필요는 없었다.

상진은 가볍게 팔을 휘저었다.

시스템상으로 표시되어 있는 자신의 최고 구속은 159킬로미터.

지난번 토니 스미스와의 대결 이후로 남은 코인은 단 하나뿐이었다.

*　　　　　*　　　　　*

이상진이 모습을 드러내자 내셔널스 파크에 있던 워싱턴 내셔널스의 팬들이 일제히 야유를 보냈다.

"우우우우!"

"한국에나 돌아가라!"

"새우 눈 자식아! 메이저 흐리지 말고 꺼져!"

주차장에서부터 쏟아지는 야유는 폭언 수준까지 올라가 있었다.

개중에는 인종차별적인 말들도 있었다.

내셔널스 구단 관계자들마저 아연실색할 정도의 폭언들이었지만, 상진은 개의치 않았다.

"개들이 좀 짖어 대네."

오히려 시카고 컵스 구단 관계자와 동료 선수들이 발끈했다.

그중에 가장 분노한 건 조나단이었다.

선수단 전용 버스에서 배트까지 꺼내 들며 뛰쳐나가려는 걸 다른 선수들이 말리느라 진땀을 빼야 했다.

"넌 화나지도 않냐?"

"저런 사람들한테 화내 봤자 욕먹는 건 나야. 내셔널스의 팬과 충돌한 이상진, 이런 이야기로 기사를 내고 싶진 않거든."

"그래도 저건 인종차별이야!"

"이미 감독님도 들어서 알고 계셔. 여기에서 내가 감정적으로 대처해서 일을 망치느니 이번 인종차별을 기사화해서 일을 크게 키우는 게 좋겠지."

씩씩거리던 조나단은 순간 찬물을 끼얹은 듯 깜짝 놀랐다.

그의 동료는 화를 내지 않는 게 아니었다.

차가운 분노는 무엇보다 뜨겁듯이 지금 이상진은 내셔널스와 자신을 욕한 그들의 팬들을 어떻게 엿 먹일까 고민 중이었다.

"오늘 이상진 선수에 대해 비판 여론이 많은데, 기분이 어떠신가요?"

이 상황에서 워싱턴 지역지의 기자가 이런 질문까지 던지자 이상진의 차가운 분노도 한계에 이르렀다.

"기분? 엿 같죠."

옆에서 듣고 있던 조나단도 한탄할 정도로 말에 가시가 돋혀 있었다.

F 워드가 나오지 않은 게 다행이라고 생각됐다.

상진은 약간 격앙됐어도 차분한 어조를 유지하면서 확실하게 못을 박았다.

"내셔널스에서는 팬들의 인종차별주의적인 발언에 대해서 확실한 책임을 져야 할 겁니다."

"하지만 이 모든 게 이상진 선수가 자초한 거라는 의견이 있는데 어떻게 생각하시나요?"

*   *   *

"푸하하하! 그 말이야 맞지!"

상진의 뒤를 이어 내일 등판 예정인 존 레스터가 웃음을 터뜨렸다.

그동안 해 왔던 자극적인 인터뷰가 고스란히 돌아왔다고 해도 할 말은 없었다.

하지만 당사자에게는 전혀 다른 문제였다.

"빌어먹을. 그딴 식으로 이야기한다 이거지?"

"의도적일 수도 있어. 지역지 기자들은 그 지역 구단하고 어느 정도 유착되어 있으니까."

"거기에서 흥분하지 않고 안으로 들어온 건 잘했어."

상진은 기자의 무례한 질문에 대답하지 않고 안으로 들어가 버렸다.

너무 노골적인 질문이 나오면 무시하는 일은 종종 있었기에 큰 일로 번지지는 않을 것이다.

다만 컵스에서도 이번 일은 단단히 책임을 묻겠다며 벼르고 있었다.

"나를 화나게 해서 경기를 망치려고 했겠지."

"너야 지금 메이저리그에서 공공의 적이니까. 그러길래 누가 입을 나불거리래냐."

"흥, 내가 한 말에 후회 따윈 없어. 저쪽을 어떻게 후회시킬까, 하는 생각은 있지."

"그래서 어쩔 건데?"

상진은 그 말에 대답하는 대신 글러브를 챙겨서 손질하기 시작했다.

이제 슬슬 경기 시작할 시간이었다.

1회 초 컵스의 공격은 생각보다 쉽게 끝나 버렸다.

부상이 없는 스티븐 스트라스버그는 그만큼 무시무시한 투수를 선보였고 컵스의 타자들은 맥없이 물러날 수밖에 없었다.

하지만 이상진도 딱히 봐줄 생각은 없었다.

'어차피 오늘은 스트라스버그와 투수전이 될 가능성이 높았지.'

상대 투수를 압박하는 방법은 이쪽도 무실점 행진을 하는 것뿐.

그렇게 된다면 이쪽을 의식하며 자연스럽게 자멸하게 된다.

마운드에 오르자 사방에서 야유가 쏟아지기 시작했다.

하지만 경기에 집중하기 시작하자 주위의 소음은 금세 들리지 않게 됐다.

"스트라이크!"

초구로 던진 투심 패스트볼은 93마일(150킬로미터)을 넘는 구속을 선보였다.

1번 타자로 올라온 트레이 터너는 헛스윙을 하며 눈을 부릅떴다.

이상진은 그런 터너에게 눈길조차 주지 않고 다음 공을 던졌다.

"자, 잠깐! 타임!"

"스트라이크!"

터너는 급히 타임을 외쳐 봤지만 심판은 받아들이지 않았다.

두 번째 공은 몸 쪽 깊숙이 틀어박히는 포심 패스트볼.

구속은 무려 98마일(157.7킬로미터)을 웃돌았다.

그런 다음에 간신히 타임을 얻어 내서 숨을 돌릴 수 있었다.

하지만 변하는 건 아무것도 없었다.

이상진의 세 번째 공은 사이드암으로 날아갔다.

위쪽으로 솟구치듯 날아간 공은 타자의 배트를 피해 포수의 미트 안으로 돌진했다.

"스트라이크! 아우웃!"

심판의 콜과 함께 내셔널스의 지옥이 시작됐다.

"스트라이크! 아웃!"

가장 먼저 이상진의 변화를 감지한 건 역시 그의 공을 잡는 조나단 쪽이었다.

그는 황급히 전광판을 바라보고 98마일이라는 숫자를 확인한 후에야 가슴을 쓸어내렸다.

'이 자식, 화가 단단히 났나 보네?'

이상진이 화가 났다는 건 손에서 느껴지는 얼얼한 감각이 증명해 주고 있었다.

감정이 격해졌다는 걸 겉으로만 봐선 확실하게 알 수 없었다.

하지만 이상진이 던지는 공은 확실하게 그의 감정을 대변해 주고 있었다.

'화를 낼 때는 공을 잡는 게 힘들단 말이지.'

평소보다 올라간 평균 구속과 미트 안을 파고들 때마다 뛰쳐나갈 듯 회전하는 공을 느끼면 그런 생각밖에 들지 않았다.

그의 생각대로 상진은 공을 던지는 손에 평소보다 힘을 주고 있었다.

화가 났기 때문이기도 했지만, 메이저리그에 익숙해졌다는 증거이기도 했다.

예전부터 이상진은 메이저리그의 공인구는 실밥이 한국보다 덜 도드라져 있어서 고민에 고민을 거듭했다.

어떻게 하면 이 공으로 제대로 된 변화구를 던질 수 있을까.

그러다가 공을 짓이길 듯한 감각으로 꽉 쥐는 방법을 생각해 냈다.

처음에는 메이저리그 공인구에 익숙해지기 위한 고육지책이었다.

그런데 익숙해지면서 오히려 한국에서 던질 때보다 공의 변화가 더 화려해졌다.

"스트라이크! 아웃!"

또 하나의 삼진을 잡아내자 사방에서 야유가 쏟아졌다.

여전한 인종차별적인 발언이 있었고 경기장 관계자들은 그걸 단속했지만 생각보다 무른 대처였다.

아무리 고함을 질러도 경고를 받을지언정 퇴장당하는 사람은 한 명도 없었다.

하지만 이상진은 전혀 동요하지 않았다.

묵묵히 공을 던지고 타자를 아웃시킬 뿐.

3회 마지막 타자가 내야 플라이로 아웃되자 내셔널스의 관중들은 입을 다물기 시작했다.

3회 말까지 단 하나의 안타도, 볼넷조차 주지 않고 아홉 명의 타자를 돌려세웠다.

그리고 타순이 두 번째 도는 4회 말에도 마찬가지였다.

내셔널스의 선수들은 아무런 힘도 쓰지 못하고 이상진의 아웃카운트를 늘려 줬다.

"아웃!"

인종차별 정도는 이미 미국에 올 때부터 각오했던 일이었다.

안 그래도 연초에 벌어진 신종 코로나 바이러스 대란 때문에 동양인에 대한 혐오가 만연했었다.

시카고 컵스의 선수들은 그런 것에 개의치 않았고, 스프링 트레이닝 기간 동안에는 연습 경기인 만큼 가벼운 마음이었기에 별다른 일은 없었다.

메이저리그 시즌이 개막하고 바이러스 유행이 점점 잦아들면서 혐오 발언도 점차 줄어들었다.

그리고 라이벌 팀인 카디널스와의 경기는 홈경기였기에 별로 들을 일이 없었다.

하지만 아마 오늘 워싱턴에서 듣는 혐오성 발언에는 그런 의미도 있을지 몰랐다.

'병신같이 굴려면 병신이 될 각오는 해 뒀어야지.'

인종차별적 발언에 대해서는 분명히 대처할 생각이었다.

하지만 그것과 별도로 야구장에서 자신이 엿 먹일 수 있을 만큼 할 생각이었다.

내셔널스의 타자들을 확실하게 요리하고 패배를 안겨 주는 것.

이것이 워싱턴에 도착해서 맛봤던 X같은 기분을 고스란히 되돌려 주는 방법이었다.

"스트라이크! 아웃!"

열두 번째 아웃카운트가 만들어지며 이상진은 마운드에서 내려갔다.

이쯤 되자 내셔널스의 관중들에게서도 불만이 터져 나오기 시작했다.

그들은 이상진에게 털린 다른 팀을 얕잡아 보고 병신이라며 욕을 했었다.

그런데 막상 이상진을 맞이하자마자 그들이 믿었던 내셔널스의 주전들이 거침없이 털리고 있으니 얼마나 기가 찰까.

"다른 팀이 못하는 줄 알았더니 우리팀은 더하잖아?"

"디백스나 카디널스는 그래도 안타는 쳤다고!"

"개자식들아! 제대로 못 해!"

사방에서 쏟아지는 욕설을 들으며 내셔널스의 선수들은 얼굴을 구겼다.

치기 싫어서 안 치는 게 아니라 칠 수가 없었다.

영상과 데이터로 접한 것 이상으로 이상진의 공은 치기 까다로웠다.

"젠장. 저 공을 어떻게 치라고."

"패스트볼로 올 거라고 생각되면 변화구가 오고, 맞춰서 포심이 아니라 투심이라 휙 꺾이잖아."

"저런 투수가 왜 이제야 메이저에 온 거지?"

타자들은 자신들을 자책해 보기도 하고 이상진을 원망해 보기도 했다.

그래도 하나 위안이 되는 게 있긴 했다.

"그래도 우리는 스티븐이 있으니까."

그들의 선발인 스티븐 스트라스버그도 무실점 행진을 이어 나가고 있었다.

그는 토미 존 서저리를 받은 이후로 구속이 조금 줄긴 했어도, 여전히 위력적인 패스트볼로 컵스의 타선을 짓눌렀다.

만약에 지고 있었으면 더 심각한 욕이 쏟아졌으리라.

"그러니까 1점만 내라고."

스티븐은 단 1점만 내도 승리할 수 있다며 동료들의 자신감을 북돋았다.

하지만 이렇게 말하는 그도 지금 상황이 마음에 들진 않았다.

낯선 동양인 투수를 우습게 봤는데 믿어 왔던 내셔널스의 동료들이 맥없이 물러났다.

게다가 저쪽은 퍼펙트로 찍어 누르는데, 자신은 이미 2피안타를 허용했다.

자존심이 상하지 않을 수 없었다.

"스트라이크! 아웃!"

4회 말 마지막 타자로 올라간 3번 애덤 이튼마저도 삼진으로 물러났다.

그때 내셔널스의 선수들은 흠칫 놀라며 전광판을 확인했다.

이상진이 4회 말까지 12명의 타자를 상대하며 거둔 삼진의 개수는 무려 7개였다.

이대로 간다면 6회나 7회쯤에는 탈삼진이 10개를 돌파하게 된다.

"으윽. 이대로 당할 수만은 없어!"

내셔널스의 선수들은 반드시 공을 쳐 내겠다고 이를 갈며 각오를 다졌다.

*　　　　　*　　　　　*

'걸려들었군.'

스윙이 조금 더 적극적이면서 동시에 공을 오래 보는 패턴으로 바뀌었다.

상진은 상대 팀의 타격 패턴이 바뀌는 걸 확인하고 미소 지었다.

자신은 초구로 스트라이크를 주로 집어넣는다.

그렉 매덕스처럼 매우 적극적으로 아웃을 잡기 위해서였다.

그래서 내셔널스의 선수들은 일단 초구를 노려보고 그렇지 않으면 2구와 3구째는 기다렸다.

최대한 3구 이상의 승부를 보며 상진의 투구 수를 늘리고 존 안에 들어오는 공은 적극적으로 노렸다.

하지만 이게 전부 상진의 노림수였다.

"스트라이크!"

초구를 아슬아슬하게 집어넣은 다음에 2구째는 존 안에 확실하게 집어넣었다.

그러다 보니 기다렸던 내셔널스의 타자들은 꼼짝없이 노 볼 투 스트라이크로 순식간에 카운트에 몰리게 됐다.

게다가 평소보다 더 뻗는 공은 지난번 데이터와도 명백히 달랐다.

"99마일이라니. 생각 이상으로 빠르잖아?"

4회 말 마지막 타자로 올라온 라이언 짐머맨은 자신에게서 삼진을 빼앗은 공의 구속을 확인하며 망연자실한 표정을 지었다.

어떤 공이 오더라도 적확하게 대처하며 쳐 낼 수 있으리라 자신했었다.

그런데 이상진의 공에 손도 발도 대지 못했다.

'조금 더 빠르게. 더 빠르게. 더 위력적으로.'

상진은 더욱 빠르게 던지기 위해 손에 힘을 더했다.

시스템에 표시되는 최고 구속은 여전히 159킬로미터로 변화가 없었다.

평소에도 자주 생각했었다.

시스템이 만들어 준 한계까지가 정말 자신의 한계일까.

과연 코인을 사용하지 않고도 한계 수치 이상의 공을 던질 수 있을까.

조나단과의 내기는 아무래도 좋았다.

'나는 내 한계를 뛰어넘고 싶을 뿐이야.'

구속은 빠를수록 좋은 법이다.

투수와 포수 사이의 거리는 정해져 있으며, 그 거리를 얼마나 빠르게 지나가느냐.

그것은 타자가 공을 배트에 정확히 맞출 확률을 줄이는 것과 같다.

과거 한국에서 부상으로 신음할 때 급격히 느려진 구속 때문에 통타당하는 일이 한두 번이 아니었다.

제구가 아무리 잘돼도 실력이 좋은 타자들은 구위와 구속이 좋지 않은 상진의 공을 매번 홈런으로 만들어 냈다.

좌절했었다.

하지만 작년에 기량을 회복하고 더욱 발전하면서 공이 배트에 얻어맞는 일은 극단적으로 줄어들었다.

각종 세이버 매트리션 데이터로 보면 전혀 다른 사람으로 보일 정도였다.

"미치겠군. 빠른 공만 던지면 모르겠는데."

라이언 짐머맨에게 던진 공 3개는 전부 포심 패스트볼이었다.

초구는 95마일, 2구는 89마일, 그리고 3구는 99마일이었다.

변화무쌍한 구속에 그는 손도 발도 쓰지 못했다.

"뭐야? 이쪽을 보는 건가?"

"맞는 것 같은데?"

"재수 없는 자식이 뭘 꼬나봐?"

이상진은 내셔널스의 더그아웃을 정면으로 바라보고 있었다.

그것도 아주 대놓고 물끄러미 쳐다보고 있었다.

상대 투수의 갑작스러운 돌발 행동에 내셔널스의 선수들은 잠시 멍하니 있었다.

"고개 돌려! 호로 자식아!"

"뭘 꼬나봐!"

고함을 지르는 건 그들의 머리 위에 있는 관중들이었다.

그제야 내셔널스의 선수들은 이상진이 자신이 아니라 위에 있는 관중들을 보는 것임을 깨달았다.

이상진은 전광판을 가리켜 보더니 가볍게 엄지손가락과 검지손가락을 동글게 말아 O 모양을 만들었다.

선수들은 물론 팬들도 그 뜻이 무엇인지 모를 리 없었다.

"우리를 무실점으로 끝내 버리겠다는 거냐!"

*　　　　　*　　　　　*

경기는 투수전의 양상으로 흘러갔다.

그리고 내셔널스 팬의 환호도 점점 잦아들었다.

스티븐은 경기장에 찾아오는 침묵을 도저히 견딜 수 없었다.

'더 환호하란 말이야!'

홈팬들은 홈팀의 활약에 환호하고 몰락에 절망한다.

그래서 스티븐은 자신이 무실점으로 활약하는데도 점점 조용해지는 경기장의 분위기를 이해할 수 없었다.

그리고 원흉이 등장했다.

"저 새끼가!"

오늘은 여유롭게 던질 수 있을 거라 생각했었다.

시카고 컵스와 다르게 워싱턴 내셔널스는 작년의 우승 팀이었다.

그리고 올해는 부상도 없이 초반부터 순항하고 있었다.

늘 유리몸이라는 말을 달고 살았던 스티븐은 작년에 대폭발하며 팀을 우승으로 이끌었다.

포스트 시즌에서 내셔널스가 거둔 12승 중에 10승을 자신과 슈어저가 등판한 경기에서 거두었다.

특히 월드 시리즈 6차전에 등판했던 이야기는 아직도 팬들 사이에서 회자될 정도였다.

'올해도 마찬가지다. 올해도 부상 없이 또 우승을 해 보겠어.'

작년에 폭발했으니 올해는 부상으로 무너질 거라는 예측에 얼마나 마음고생했던가.

잦은 부상 때문에 제대로 된 에이스 대접을 받지 못하며 슈어저는 물론 패트릭 코빈에게까지 밀려야 했다.

'올해는 작년 이상의 성적을 거두어야 한다.'

어떤 선수라도 성적에 대한 부담감을 가지고 있다.

특히 스티븐 스트라스버그도 그런 부담감을 짊어지고 있었다.

부상만 없었어도.

그동안 자신의 커리어 곳곳에 박혀 있는 부상 경력 때문에 잃어버린 게 얼마던가.

부상 경력만 없었어도 통산 평균 자책점이 1점은 더 내려갔을지도 몰랐다.

"스트라이크!"

이상진은 초구를 가볍게 흘려보냈다.

칠 마음이 있는 듯하면서도 없는 듯해 보이는 이상한 분위기.

그런 게 더 마음에 안 들었다.

올해 메이저리그에 데뷔한 투수가 자신보다 뛰어난 성적을 거두는 것도 마음에 들지 않았다.

"파울!"

2구째 던진 하이 패스트볼을 걸어 내는 걸 본 스티븐의 눈썹이 꿈틀거렸다.

첫 타석 때도 그렇고 지금도 자꾸 공을 어떻게든 쳐 내려고 했다.

'투수라면 투수답게 적당히 아웃당하고 들어가라고!'

투수에게 타격을 원하는 구단은 어디에도 없다.

메이저리그에서는 투수임에도 적당히 홈런이나 안타를 치는 선수가 은근히 있다.

하지만 기본적으로 투수에게 기대하는 건 낮은 평균 자책점이나 많은 이닝을 소화하는 것이다.

그들에게 많은 타점을 만들어 내는 능력을 원하는 감독은 어디에도 없다.

'건드리지 말라고!'

스티븐은 공을 치려는 생각으로 가득한 이상진의 자세를 보며 힘껏 공을 뿌렸다.

그때 손에서 공이 빠지는 느낌이 들며 아차 싶었다.

공은 그대로 날아갔다.

스트라이크존이 아닌 다른 곳으로.

뻐억!

헬멧이 날아가는 소리와 함께 이상진이 배트를 놓치고 뒤로 쓰러졌다.

"이런 개자식들이!"

활짝 열린 컵스의 벤치에서 선수들이 우르르 튀어나왔다.

그들의 선두에는 흉흉한 기세를 뿜어내는 조나단 루크로이가 있었다.

시카고 컵스의 선수단이 뛰어나오자 내셔널스의 선수단도 이에 호응하듯 벤치에서 뛰쳐나왔다.

순식간에 아수라장이 된 그라운드 위에서 고성과 주먹이 오갔다.

데이비드 로스 감독과 코칭스태프까지 튀어나온 가운데 상진은 눈을 떴다.

"이봐! 리! 정신 차려!"

"괜찮냐? 이게 몇 개야?"

눈을 뜨자 보이는 건 조나단의 얼굴이었다.

손가락 하나를 척 들어 보이며 묻는 그의 얼굴을 보자마자 상진은 인상을 쓰며 손을 내밀었다.

"가운데 손가락 들어 올리고 지랄하지 마, 등신아. 부축이나 해."

"의식은 제대로 있네. 자!"

조나단의 손을 잡고 몸을 일으키던 상진은 눈앞이 흔들리는 기분에 이맛살을 찌푸렸다.

머리에 정통으로 얻어맞은 건 아니었지만 빗맞은 충격도 만만찮았다.

상체만 일으킨 채로 자리에 앉아 난투극이 일어나는 모습을 지켜봤다.

메이저리그의 벤치 클리어링은 한국에서처럼 선수단과 코칭 스태프가 우르르 나오고 마는 게 아니었다.

서로 몸싸움에 주먹다짐까지 나올 정도로 화끈했다.

"난장판이 따로 없네."

심판진이 벤치 클리어링을 어찌어찌 말려 보는 가운데, 배트를 찾던 상진은 끊겨졌던 기억이 되돌아왔다.

스티븐 스트라스버그의 공이 자신의 머리를 향해 날아왔고 강렬한 충격과 함께 나동그라졌단 사실을 떠올린 상진은 머리를 더듬었다.

그리고 자신의 헬멧이 어디론가 날아갔다는 걸 깨달았다.

"아, 맞은 건가?"

"'맞은 건가'는 뭐냐! 너 컨디션은 괜찮은 거지? 정신은 멀쩡하냐? 닥터! 닥터! 왜 빨리 안 와!"

조나단이 벌컥 화를 내며 의료진을 불렀다.

서둘러 달려온 의사들이 다가와서 이상진의 머리를 확인해 보기 시작했다.

상처 난 곳은 없는지, 혹시라도 내출혈은 없는지 살펴본 의사들은 다행스럽다는 듯 말했다.

"부상은 없고 큰 이상도 없어 보입니다."

데이비드 로스 감독은 놀란 가슴을 쓸어내렸다.

이상진은 0점대의 선발투수인 만큼 지금의 페이스로 계속 간다면 사이 영 상도 꿈은 아니었다.

적어도 사이 영 상 3순위 안에는 들어갈 법한 활약이었다.

그런 투수를 잃었을지도 모른다고 생각하니 등골이 오싹했다.

"일어설 수 있겠나?"

다시 한번 내밀어진 손을 붙잡고 몸을 일으킨 상진은 고개를 돌려 상대 선발투수를 바라봤다.

스티븐 스트라스버그도 얼굴이 파랗게 질려 있었다.

본래 메이저리그에서도 서로의 선발투수는 잘 건드리지 않는다.

그런데 실투라고는 해도 상대 선발투수에게 헤드샷을 날렸으니 놀랄 만한 일이었다.

"저 새끼, 조져 버릴까? 아직 퇴장도 아니고 들어간 것도 아닌데?"

"괜찮아요. 어차피 고의로 던진 것도 아니니까. 그리고 조져도 내가 조진다. 상관하지 마."

상진은 공이 손에서 떠나는 순간 상진은 스티븐의 당황한 얼굴을 볼 수 있었다.

동시에 미끄러지는 공의 궤도를 정확하게 읽어냈다.

저건 일부러 자신을 향해 던진 게 아니라 공이 손가락에서 제대로 빠진 실투였다.

다만 피하기에 그의 공이 너무 빨랐을 뿐이었다.

벤치 클리어링은 생각보다 길게 가지 않았다.

이상진의 말대로 그의 공은 고의적인 게 아니었고 더그아웃에서 보고 있던 컵스의 선수들도 그걸 알고 있었다.

그들은 그저 자신들의 선발투수가 헤드샷을 당하자 순수하게 분노해서 올라왔을 뿐이었다.

"교체하지 않아도 되겠어?"

"뭘 그렇게 걱정해? 난 괜찮으니까 다들 들어가 봐. 1루에 나가면 되는 거지?"

히트 바이 피치(Hit by pitch)로 출루하게 된 상진은 걱정스러워하는 동료들의 시선을 받으며 1루로 향했다.

보호 장구를 벗어서 코치에게 건네주면서 그는 가볍게 고개를 흔들었다.

약간 후유증이 남아 있긴 해도 견딜 만했다.

'실수라고는 해도 머리가 띵하네.'

타석에 서는 게 10년 만인 만큼 공을 맞아 본 것도 오랜만이었다.

고등학교 때 이후로 처음이었고 프로에 와서도 타자가 친 타구에 맞아 본 적도 없었다.

"괜찮나?"

아까 몸을 일으켰을 때는 세상이 흔들리는 기분이었지만 지금은 상당히 나아졌다. 조금만 더 시간이 지나면 투구하는 데도 이상이 없을 듯했다.

"괜찮습니다."

"이상이 있으면 바로 말하게. 교체해 줄 테니."

"그럴 필요는 없습니다. 어차피 빗맞기도 했으니까요."

크레이그 드라이버 1루 코치는 미심쩍긴 해도 고개를 끄덕였다.

이제 갓 5회가 된 만큼 이상이 없다는데, 선발을 교체하는 것도 애매했다.

무엇보다 벤치에서 보내오는 사인은 교체 사인이 아니었다.

'경기 속행.'

데이비드 로스 감독은 이상진을 교체할 생각이 전혀 없었다.

*　　　　　*　　　　　*

벤치 클리어링 이후로 경기는 험악하게 진행됐지만 더 이상 충돌은 없었다.

무엇보다 이상진은 아무렇지도 않은 듯 투구를 이어 나갔다.

머리를 맞았음에도 전혀 흔들림 없었다.

"스트라이크!"

6회까지 꿋꿋이 아웃 카운트를 늘려 나가는 모습에 내셔널스의 선수들은 질린다는 얼굴이 됐다.

'저 괴물 같은 자식을 봤나.'

'공에 맞고도 저런 투구를 이어 나간다고? 충격이 아예 없었나?'

'돌머리 아니야?'

헤드샷의 충격은 아무 데도 없다는 듯 이상진의 공은 여전히 빠르고 위력적이었다.

그 가운데 내셔널스의 데이브 마르티네즈 감독은 이상진의 변화를 눈치챘다.

"사이드암으로 던지는 비율은 그대로이긴 해도 변화구가 많이 늘어났어."

"그렇습니다. 초반과 비교해서 포심 패스트볼의 구사율이 줄어들고 있습니다."

이상진은 상대 팀이 눈치채기 어려울 정도로 포심의 비율이 줄이며 다른 구종의 구사율을 늘려나갔다.

늘어난 것은 슬라이더와 체인지업이었고, 간간이 포심인 척하면서 날아가는 투심 패스트볼도 늘어났다.

"공인구 적응이 제대로 되지 않은 게 아니었나."

이상진에 대한 분석 결과로는 아직 변화구를 제대로 쓸 정도의 공인구 적응이 되지 않았다고 판단했다.

하지만 이상진은 그런 예측을 비웃기라도 하듯 변화구를 연발했다.

"스트라이크! 아웃!"

"너무 얕봤어."

하지만 이제 그런 후회를 하기에도 때는 늦어 있었다.

이제 7회 말 공격이 끝나가려고 하고 있었다.

*　　　　　*　　　　　*

7회까지 스티븐 스트라스버그는 3피안타 1볼넷 무실점.

그리고 이상진은 1피안타만으로 상대 타선을 막아 냈다.

양 팀의 타자들이 아무런 힘도 쓰지 못하는 사이 두 투수는 교체되지 않고 7회까지 왔다.

'괴물 같은 자식.'

스티븐 스트라스버그는 마운드 위에서 공을 던지는 이상진을 보며 속으로 중얼거렸다.

1회와 비교해서 단 한 번도 구속이 떨어지는 기미가 보이지 않았다.

게다가 종종 나오는 사이드암 스로는 타자의 타이밍을 완벽하게 빼앗았다.

이제 세 번째 타순이 돌고 있음에도 내셔널스의 타자들은 아직도 답을 찾지 못했다.

작년 시즌이 끝나고 이적한 앤서니 랜던이 아쉬워졌다.

3할 1푼 6리의 타율에 34홈런을 기록했던 그가 없어지자 타선에 무게감이 떨어졌다.

트레이 터너가 열심히 뛰어 주곤 있지만, 아무래도 그의 빈자리를 채우기 힘들었다.

'병신 같은 것들이 1점도 못 내고 빌빌대나.'

속으로 타자들을 욕하면서도 스티븐은 입술을 깨물었다.

7이닝 동안 98구를 던진 그는 이제 더 등판하기 어려웠다.

"스티븐, 8회에는 불펜을 투입한다."

"아직 더 던질 수 있습니다! 내보내 주십시오!"

"경기를 말아먹을 건가?"

데이브 마르티네즈 감독의 중후한 목소리에 스티븐은 움츠러들었다.

작년에 팀을 우승으로 이끈 감독에게서는 거역할 수 없는 카리스마가 느껴졌다.

"불펜을 투입하고 경기를 틀어막는다. 저쪽도 이상진이 계속 나올 수는 없겠지."

스티븐은 주먹을 꽉 쥐고 부르르 떨었다.

지금 교체된다면 패배한 채로 도망가는 기분이 들었다.

"8회에 등판하고 싶습니다. 교체를 지시하신다면 군말 없이 받아들이겠습니다."

"군말 없이?"

"주위에 있는 다른 선수들과 코치들이 증인이 되어 줄 겁니다. 감독님의 교체 지시가 떨어지면 바로 나오도록 하죠."

마르티네즈 감독은 스티븐을 물끄러미 바라봤다.

100구에 달하는 투구 수였기에 주저됐지만, 이렇게까지 고집을 부리는 스티븐을 보는 것도 처음이었다.

잠시 고민하던 그는 고개를 끄덕였다.

"좋네. 대신에 교체 신호를 보낸다면 바로 나오도록."

"감사합니다, 감독님."

7회까지 무실점으로 경기를 이끌어 온 선발의 기세를 괜히 꺾을 필요는 없었다.

최대한 잘 끌어 나가게 한 후에 위기가 닥치면 바로 교체할 생각이었다.

7회 말 공격이 이상진에 의해 막히자마자 스티븐은 바로 글러브를 챙기며 자리에서 일어났다.

마운드에 오른 스티븐을 맞이한 건 시카고 컵스의 포수인 조나단 루크로이였다.

그는 건들거리면서 흙을 발로 툭툭 차며 홈 플레이트를 슬쩍 덮었다.

오늘 포수로 나온 커트 스즈키가 얼굴을 찌푸리며 한마디 던졌다.

"하지 마라."

"어쩌라고. 거슬리냐? 거슬리냐고. 거슬리면 태평양 한가운데로 돌아가든가."

"그딴 말을 쉽게 내뱉냐? 뒈지고 싶어?"

"우리 투수한테는 인종차별하던 새끼들이 말이 많다?"

"둘 다 그만. 경기에 집중하도록."

두 포수 사이의 말이 길어지자 심판이 중간에 제지했다.

조나단은 퉁명스러운 표정으로 혀를 날름거리고는 배트를 꽉 붙잡았다.

조나단에게 날아온 초구는 싱커였다.

그걸 지켜보던 그는 순간 눈을 번득였다.

그리고 2구째 가운데 몰리는 패스트볼이 날아오자 어김없이 걸어 냈다.

중견수와 좌익수 사이에 떨어지는 2루타.

다음 타자는 이상진이었다.

"교체하시겠습니까?"

"컵스에서 이상진을 교체한다면 우리도 불펜으로 교체한다."

투수가 상대인 만큼 마음을 추스를 만한 시간은 될 것이다.

히트 바이 피치로 인해 흔들리기는 했어도 스티븐 스트라스버그는 내셔널스의 중요한 선발자원이었다.

안타를 맞고 내려 보내느니 일단 삼진을 잡고서 내리는 편이 나아 보였다.

그리고 이상진은 교체되지 않고 타석에 올라왔다.

*   *   *

'이건 꽤 고맙네.'

데이비드 로스 감독은 아무런 말도 하지 않고 그를 내보냈다.

조나단이 2루에 안착한 만큼 자신이 교체되거나 혹은 번트 사인이 나와도 군말 없이 따를 생각이었다.

그런데 아무것도 없었다.

'마음대로 하라는 건 고맙긴 한데.'

너무 고마워서 보답해 주고 싶은 생각으로 미칠 것만 같았다.

타석에 서서 스티븐 스트라스버그를 바라본 상진은 마운드 위에 있는 투수의 표정이 일그러져 있음을 알아챘다.

그의 멘탈이 바스락거리는 소리가 들리는 듯했다.

안 그래도 아까 머리를 맞힌 상대를 마주하니 그때의 기억에 마음이 복잡한 게 분명했다.

"스트라이크!"

초구는 정확하게 한가운데 스트라이크로 들어왔다.

역회전이 걸린 포심 패스트볼을 보면서 상진은 씩 웃었다.

조나단에게 안타를 맞기도 했고 자신과 투수전을 벌이면서 쌓인 스트레스도 있었다.

그 모든 게 복합적으로 엮여서 지금 스티븐의 멘탈을 갉아 먹고 있었다.

그리고 실투라고 해도 아까 머리를 맞은 보복을 할 시간이었다.

[〈손가는 대로 만든다〉 스킬을 사용합니다.]

[〈엄마의 손맛〉 스킬을 사용합니다.]

다음 들어올 공은 분명 한가운데 패스트볼이었다.

투수인 자신이 타석에 서서 거둔 성적은 아직까지 무안타,

얕잡아 볼 만한 성적이었다.

'하지만 이제는 다르지!'

따악!

이상진은 한가운데로 날아오는 포심 패스트볼을 정통으로 걷어 냈다.

이상진이 친 스트라스버그의 공은 2루와 3루 사이를 힘차게 꿰뚫었다.

"뛰어!"

"뛰라고! 달려!"

메이저리그 첫 안타, 그리고 첫 타점.

그리고 오늘 경기의 선취점이었다.

"우와아아!"

2루에 안착한 이상진은 두 손을 들어 올리며 포효했다.

『먹을수록 강해지는 폭식투수』 7권에 계속…